# 一休破戒帖

## 女賊始末

平野純

芸術新聞社

# 目次

# 主な登場人物

一休《いっきゅう》　禅僧
お冴《さえ》　女盗賊
孫八《まごはち》　乞食の元締め
大道豪安《だいどうごうあん》　謎の黒幕
山城屋吉兵衛《やましろやきちべえ》　高利貸
小弓《こゆみ》　豪安の愛妾
一蔵《いちぞう》　山伏
二蔵《にぞう》　山伏
宗哲《そうてつ》　禅僧
日顕《にっけん》　禅僧
お蔦《つた》　娼婦
お栄《えい》　娼婦
仁吉《じんきち》　老盗賊
蓬莱屋弥兵衛《ほうらいややへえ》　貿易商
佐平《さへい》　一蔵の子分

# 京都関係地図　永享三年頃（1431）

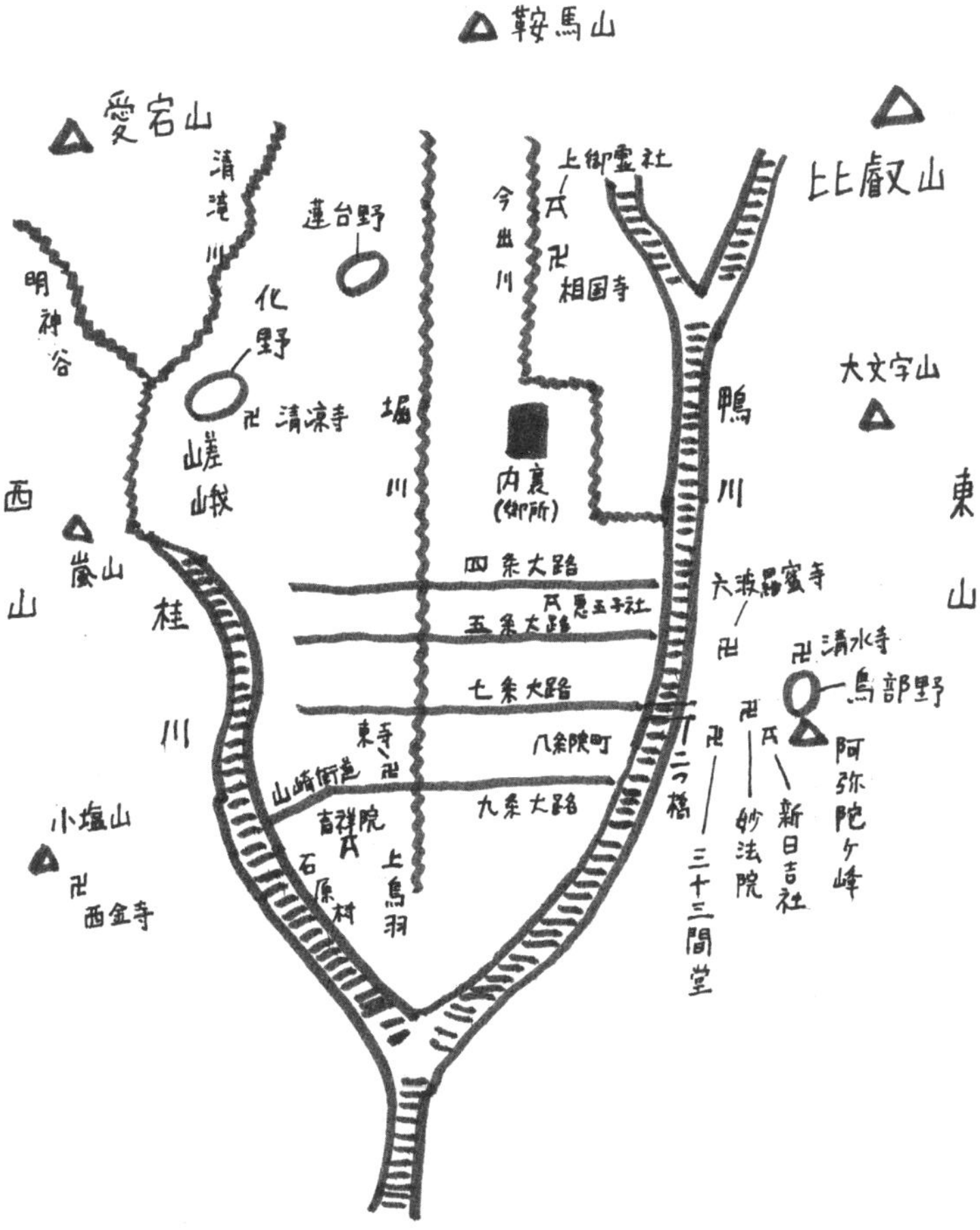

# 第一章　再会

## 一

観音堂の裏口から路地へでたとたん、すうと陽射しが回復した。一休は自分の影を踏んで歩きはじめた。

袈裟《けさ》の懐には小銭が少々。今日の説法の布施だった。（まあこんなものか）。布施の多寡《たか》は天気と関係する。晴れたり曇ったり落ち着かない日は、人は慎重な気分になるらしく、自然財布の紐は固くなる。あいにく今日がその日だった。

（よく出来ている）

表通りへでようと扇屋の角を曲がったときだった。

七条町の櫓《やぐら》の方角から爪哇《ジャワ》人の一行がやってきた。派手な金色の刺繍をした南蛮衣は、堺ならばともかく京の雑踏ではめだつ。人々の目がそちらにそそがれた。一休の視野を影がかすめるところだった。

「痛ててて。なにをしやがる、この坊主！」

口端に梅の枝を噛んだちんぴら風の若者が手首をつかまれてわめいた。

「それはこっちのせりふだ」

一休はあっさりと若者の手の内にある布施の入った巾着《きんちゃく》をもぎとった。

「おぼえていろ！」

悪態をついた若者は首からなにかを引きちぎるようにとると、一休に投げつけて野次馬の向こうへ消えた。一休は足元に落ちた鹿皮の小袋を拾いあげた。みおぼえがあるものだった。

小袋の口をあけ、粗い麻布に包まれたものを陽にかざした。

（これは――）。男根のくんせいだった。赤黒く変色し干乾びた陰茎が、早春の光のなかでいびつな形を主張している。

「このあいだの野郎だ。そっちへ逃げたぞ」

みえない辻の方角で誰かの大声がした。

「こら、待て〳〵」。こんどはべつの者の声。表通りは大混乱におちいった。どうやらこの界隈に出没する札つきのスリらしい。

麻布の裏地の絵に目を走らせていた一休は、

（お冴のやつ、生きていたか）

甘酸っぱい思いを払いのけるように、人ごみを割って歩きだした。

今日はこのあと四条室町のお堂で説法をして、酒代をもうひとかせぎするつもりだった。

が、もうそんな気分にはなれない。

市比賣《いちひめ》神社の門前までくるとどぶろく屋が目にとまった。一休は軒に入ると、でてきた小女に酒と肴を注文した。

あさりの甘辛い煮付けを口にほうりこみ、どぶろくをあおると、さきほどの麻布を開いた。陰茎を包んだ布の裏側に極彩色の仏画が描かれていた。一休は食いいるようにみつめた。

真ん中に薄笑いをうかべたダキニ天が天竺風の腰巻をつけて、半裸の姿で踊っている。切れあがった瞳のない目、丸々と隆起した乳房。右手に太い剣、そして左のてのひらの上には……髑髏《どくろ》。

髑髏の頭頂部には大きな穴があけられていた。

一休はぎらついた目で乳房の輪郭を指でなぞった。

「さっさと失せな。とって食われないうちにね」

ふとお冴の声が蘇ってきた。

二

スリの男の身元は、葉桜の季節を過ぎてもわからなかった。

下京の盛り場を猟場《かせぎば》にしている二十歳《はたち》前後のスリ。一休の男についての知識は依然このままだった。日頃手なづけておいた乞食たちによる探索もいっこうに成果があがらない。むこうも気まずいのか、端午の節句が近づく頃には姿もみせなくなった。

一休はいらだった。

ひゅっと窓の外で音が鳴った。竹格子の隙間からのぞくと、月明りのなかで被り物をした男の上目づかいとぶつかった。しゃがんでいたが、腰をあげるとみあげるような大男だった。一休はうなずくと庵《いおり》をでて、男のあとについて歩きだした。

一休の破れ庵のある八条坊門小路から市街地をぬけ、山崎街道へでると、畑の下肥の匂いが鼻をついた。二人をみおくった東寺の五重塔もいつしか曇り月の闇に呑まれ、気がつくとあたりには桂川のせせらぎの音が満ちている。

「ここか?」

一休が足をとめたのは桂川の手前、山崎街道を堤沿いに下流の方へ折れた先、石原村の水車の堰《せき》のそばにある屋敷の門前だった。

「話は通っているのだな?」

小さく顎を引いた男は一休から銭を受け取ると足音もなく消えた。

一休は四方へ耳をすました。

どこかで犬の遠吠えがした。

一休が門の内に足を踏み入れるのと近くの闇でなにかがキラリと光るのが同時だった。

「うーむ」

うめき声をあげた男の手から短刀を奪い取った一休は、相手の腕をねじあげたまま、

「懲りない坊やだな。商売道具の指はへし折らないでおいてやる。ぼやぼやせずに案内しな」

「くそう。おぼえていろ！」

「このまえ聞いたよ、その言葉は」

男がふくれっ面で一休を連れていったのは、一帯を支配する地侍の住居《すまい》とおぼしき屋敷の一室だった。短刀を投げ返された男は、「無事にここをでられると思うなよ」と捨てぜりふをのこして立ち去った。

殺風景な板の間で腕組みをして待っていると、奥の間で気配がした。

板戸がすっと開いたと思うと、中年の地侍風の男がのっそりと入ってきた。鐘馗《しょうき》のように髭を両頬にはねあげた男は、部屋の中央にあぐらをかく一休をみおろすと、一間半《いっけんはん》（約二・七ｍ）ほど先に腰の物も外さずにどっかと坐りこんだ。

そのままなにも言わない。ぶ厚く赤らんだ唇のあいだから盛大に乱杭歯《らんぐいば》をのぞかせ、燭台の灯影で一休をジロジロと眺めている。

「あんたのお稚児《ちご》さんかい？」

一休は若者の消えた方角へ顎をしゃくった。

「ふん」

中年の侍は鼻を鳴らした。ひどくしわがれた声で言った。

「八条院町のなまぐさ坊主の噂は聞いている。相変わらず命知らずだね」

「変わってないなあ、あんたの方も」

一休は肩をゆすった。

「え?」

一休は腕組みを解き、相手の顔をちょんちょんとさして、

「真似のできない変装の上手さ、ほれぼれするよ」

男は笑いだした。いきなり鼻をわしづかみにすると、べりべりと大きな音をたてて鍾馗の面の皮を引きはがした。

「そうかえ?」

ぱっと目が覚めるように白いお冴の顔が現れた。

三

一刻《いっとき》(約二時間)近くたった頃。

一休はお冴から体を離した。

横でつい先刻までもてあそんでいた乳房が汗ばんだふくらみを上下させている。十七年ぶりに抱くお冴だった。

一休はいま三十八、お冴はそろそろ四十に近づこうという年頃だ。

が、お冴の体は驚くほどしなやかで若い。

「そんなに若いかえ？」

感嘆の目を細めていた一休に女の眠たげな声が言った。

「ああ、若い。まるでいつかの続きのようだ」

「ばかをお言いじゃないよ。忘れたのかい？　あたしの言葉を」

「……うん？」

「あの晩、近江の大津の納屋で。あんたはうなずいてたじゃないか」

「一度きりのご慈悲……あれのことかい？」

「ほら、おぼえてるじゃないか」

「うなずいてたかな？」

「うなずいてたさ。可愛い顔で」

「如意輪観音《にょいりん》」

お冴は身をよじらせて笑い声をたてた。かすかに饐《す》えた体臭が立ち昇った。

あの正月明けの晩。師の謙翁《けんおう》を京で荼毘《だび》に付して十日目の夜更け。いま思えば、あれはれきとした後追い自殺の企てだった。すべてを失った修行僧の一休の、父と慕った謙翁への。

京から大津にたどり着いた二日後。呑んだくれた一休は、妓楼の街を物欲しげにうろつく自分に突然嫌悪をおぼえた。往来の絶えた瀬田の唐橋《からはし》から琵琶湖に飛びこむ。あまりの水の冷たさに恐怖に見舞われた一休は夢中で合掌をしようとした。が、体は痺れたように動かない。上も下もわからなかった。世界は真っ暗だった。そのままどのくらい経っただろうか……。

目を覚ますと一休は柔らかな干し草の上にいた。

若い女の切れ長の目がしきりにこちらをうかがっていた。

「気がついたようだね」

女はほっとしたように前髪を掻きあげた。「まったく世話の焼ける若僧さんだね。いま、いくつ？」

「二十一」

「あたしより一つ下じゃないか。ところで、如意輪観音ってなんだい？　しきりにうわ言していたけど」

「抱いてくれたんだ、湖のなかで如意輪観音が」

「じゃあ、その夢を本当にしてあげようじゃないか」

それから二人は交わったのだ。一休はまだ女を知らなかった。

如意輪観音、もし汝《なんじ》が煩悩に悩み、
淫欲盛んにして堕落すべきとき、
汝の女に化身せん。

観音、みずから御身をあたえ、淫欲をなだめ、
煩悩の炎を消して、汝を救わん。

如意輪観音の効験《こうけん》を語るお告げ文だった。

「ふうん、ずいぶんとまたものわかりのいい観音様もいたものだねえ」

果てたあと、一休の話を聞いた女は感心したように面をふった。

「女犯《にょぼん》の罪を犯しかけた僧を救う愛欲の観音。効験はそれだけかい？」

「いや。戦闘《いくさ》に勝利できる効験もある。こちらは陀羅尼《だらに》を唱えなくてはいけないけど」

「勉強になったよ」

女は興味もなさそうな顔で言った。「でも、あたしは観音様なんかじゃない」

あの凍てつく夜更け。瀬田の唐橋へ通りかかったお冴は、欄干《らんかん》を乗りこえて身を躍らせる僧衣の男をみた。かかえていた荷物を放り捨てると男を捜した。男の姿は黒々とした水に呑みこまれてみえない。あきらめるしかないか、そう思って立ち去ろうとしたお冴をなにかが引きとめた。お冴は見当をつけて湖に飛びこんだ。まっすぐに手をのばした。

一休は如意輪観音が腕を差しのべるのをみた。握った手は握り返された。その柔らかい手のぬくもりのなかで一休はいまから生死《しょうじ》を超えるのだと思った。

「ほら、ごらんよ」

お冴は鹿皮の小袋をとりだすと、なかの紙袋を開いてみせた。「なんだかわかるかい？」

一休は赤黒い干し物のようなものをつまみあげた。

「陰茎だよ」

「陰茎？」

ぎょっとみかえす一休にお冴は、

「墓場で好さそうなものをみつくろって頂戴してくるのさ」

なんでもない口調で、「ダキニ天様の前で供養してから燻《いぶ》しあげてお守りにする。わかっただろう？　あたしが観音様なんかじゃないことが」

「……」

「さあ、もう行かなくちゃ。仲間が待っている。まかされている仕事があるのでね」

お冴は立ちあがった。干し草のかげで少しのあいだごそごそとしていた。「よし」とでてきた姿をみると、粗末な折烏帽子《おれえぼし》をかぶり、襟が垢光りする筒袖の衣を着た物売り風の老人になっていた。

なにか言いかけた一休に、

「一度きりのご慈悲だよ。さっさと失せな。とって食われないうちにね」

女は入り口の筵《むしろ》を押しのけると後ろもみずにでていった。

「名前は？」

「お冴……」

しばらくして、風が吹く闇の遠くで声がした。

お冴は寝返りをうった。

「なぜあたしを探した？」

「最初の女だぜ」

「ふん。まさか噂に聞く八条院町の呑んだくれ出家があんただったとはね」

一休はあの晩お冴に名前を告げていなかった。

「生きていたんだな？」

「どうして？」

「あぶない橋を渡っている様子だったから」

「おたがいさまじゃないのかい？」

「ええ？」

お冴はじっと一休をみすえて、

「手下のあぶれ者を使って強請《ゆすり》のネタを仕込んでは商家に押しかけ、布施の名目でカネを踏んだくる名うての悪禅師《あくぜんじ》」

「よく知ってるなあ。それで会いたくなった？」

「どうだったかしら」

お冴はあくびを噛み殺す声になるとくすり指で乳房を搔いた。

「いつかみた癖だ」

「なに？」

「くすり指で搔く」

一休はお冴を抱きよせた。「なんのことやら」とつぶやくお冴の声がした。干し草の匂いの記憶が一休を狂わせた。（やはり如意輪観音だ）一休は思った。（なにも変わっていない）。あれからなに一つ……。

やがてお冴の乱れた息が静まると、一休はするすると床をぬけた。廊下の板戸を蹴倒した。

「うわっ」

ふんどしを解いたスリの若者が一物《いちもつ》を握ったままひっくり返っている。

「名前は？」

「しゅ、俊次」

「なまくらな仕事ばかりしやがって、どこが俊なんだよ」

若者は真っ赤な顔で着物の前を搔き合わせた。

「せんずり一つまともにかけずに乱世を生きぬけると思うのか？」

「くそう。おぼえていろ！」

「三度目じゃないか」

「なにがだ」

「その捨てぜりふだよ。頭悪いのじゃないか？」

一休は俊次をひっぱたき、「こんど同じせりふを俺の前で言ってみろ。おまえの一物をちょん切ってくんせいにしてやるから」

「そのへんにしときよ。可哀想じゃないか」

お冴のあくびまじりの声が言った。

## 四

永享三年（一四三一）は室町時代の中頃にあたる。

たしかに乱世だった。

一休たちは弱肉強食の時代を生きていた。

時代の引き金をつくったのは貨幣だった。この前後、全国の荘園で代銭納が広まった。市場経済の拡大とともに都は一大消費都市になった。

一方、一休もお冴も知らない話だったが、太陽の活動の低下による地球規模の天候の不順は日本の農村に冷夏や日照りをもたらした。そこへ市場経済の活発化である。

(同じ米でも都に運べば高く売れる)

思惑は農民や商人を駆りたて、物資を都に集中させた。地方がみるまに飢餓地獄におちいったのは自然な話だろう。だが、問題はそれだけで終わらなかった。

飢えた人々が難民の洪水となって都に押しよせたのだ。市内の流通は麻痺し、こんどは都自体が餓死者の山をきずくことになった。惨状に追いうちをかけたのは疫病の蔓延による大量死である。

都の辻はどこもかしこも病人と死人だらけだった。

東風が吹けば鴨川の河原から死体を焼く煙が、西風が吹けば桂川の火葬の煙が臭気を放って市中に流れこんだ。

狂った時代は狂った流行を生んだ。この時代の人々は疫病は鬼が運ぶと信じた。

「魔は煩悩によって菩提《ぼだい》を妨げ、鬼は病悪を起こし、命根《みょうこん》を奪う」

そう叫ぶ占い師によって鬼の化身と名指された者が突然路上で人々から嬲《なぶ》り殺しにされる事件が頻発した。「鬼払い」の流行である。

ただ、出口のない災厄の日々を喜ぶ者もいた。米商人たちである。

かれらは地方から都に入る米を買い占め、せっせと米価を吊りあげた。飢饉《ききん》こそはぼろ儲けのまたとない好機だった。

米商人の組合と結んで暴利をむさぼる金貸しのあいだでは、暇さえあれば飢渇祭《きかつさい》がもよおされた。僧侶に大金を握らせて災害の永続を祈らせるという奇怪きわまる祈祷会だった。この春にはある高利貸の飢渇祭で陀羅尼を読誦《どくじゅ》した名僧が謝礼がわりに供された妓女の腹の上で頓死《とんし》するという事件が、噂に目がない京の町人たちをにぎわせていた。

俊次を追い払って床にもどる。

「酔狂だねえ。こんなご時世に説法会だなんて」

お冴が一休の胸に字を書きだした。「ほかにかせげるあてなんていくらでもあるんじゃないか。あんたほど説法が似合わない出家もいないと思うし」

たしかに割が合わないといえば合わない。説法にのどを嗄《か》らしたところで、布施はたいていの場合、雀の涙というのが相場だ。

「でるものも多くてね。ただ、かせぎのためだけじゃない」

その日を食うのに精いっぱいの町人に対価を期待できないことはわかりきっている。

「じゃあ、なんのため？」

お冴は首をかしげた。

「なんのためかな？」

一休は首をひねった。「俺にもわからないよ」

「お坊さんにもわからないことがあるんだ」

お冴はからかうように言った。

ほんとうはわかっていた。貧民のための説法をやめればなにかが腐る気がする。自分のなかの大事ななにかが。それは破戒坊主になり果てた一休のせめてもの、いやじつは破戒坊主になったいまだから必要な命綱なのだ。

「それはそうと派手にかせいでいる様子じゃないか」

「ええ?」

「標的《まと》は山城屋なんだろう?」

お冴の字を書く指がぴたりととまった。

「今夜は手下たちは最後の下見に皆出払っている。お頭の姉御《あねご》と見習いのがきを残してな」

一休はまっすぐにお冴をみた。

「どうだい? 俺にも一枚噛ませてもらえないか?」

「本気かい?」

「この顔のどこに嘘の字が書いてある?」

「一人で充分にかせいでるはずじゃないか」

「かせぐのはもういい。欲しいものができたんだ」

「欲しいもの?」

「一緒に生きてみたい女がな」

お冴はふんと鼻を鳴らした。

「明日の晩にまた出直しな。皆と引き合わせるから」と低い声で言った。

## 五

七条町での俊次との一件以来お冴の行方を捜していた一休に最初の手がかりをもたらしたのは、四条大路にたむろする乞食の一人からの情報だった。

ある盗賊団の一味の男から四条大路で一二を争う高利貸をいとなむ山城屋の門の出入りを見張るよう頼まれた。女が首領をつとめる盗賊団だという。

「女の名前は？」

「わかりやせん。なんでもえらい別嬪さんで、大の男たちを顎で使っているらしい。近江女だそうです」

「なに、近江女？　で、居場所は？」

乞食は薄く笑った。

「盗賊団ですぜ」

「そうだったな」

居場所を簡単に明かすわけがない。

「つぎのつ・な・ぎはいつだ？」

「明晩。妙蓮寺の綾小路側の角で」

綾小路は大小の高利貸が軒を連ねる四条大路を一本南へ下りた通りだった。

「わかった。それで充分だ」

が、実際にはそれからが一苦労だった。一休は翌日の晩、さっそく息のかかった街のあぶれ者に綾小路を張り込ませた。現れた侍姿の男を追わせたものの、東寺の脇道あたりでまかれてしまった。

しかも男はその夜を最後に姿をみせなくなった。

東寺から九条周辺にかけてこれはと思う場所をしらみつぶしに当たらせたが、引っかかってくるものはない。

ふと思いついて墓場荒しの一味に声をかけてみた。

するとこれが当たった。

塔の森の墓地で陰茎を切り取られた死体がでたという。塔の森は東寺の南西、鴨川と桂川の合流点に近い。綾小路の妙蓮寺から東寺へと侍の去った道をたどると、

(桂川……すると上鳥羽《かみとば》の近辺か)

上鳥羽は東寺から半里(約二キロ)ほど南の田園地帯。洛中に近く、盗品を船で運ぶ盗賊たちがたまり場とすることで知られていた。

さっそくその周辺と目星をつけて網をひろげたとたん、探索の一人から匂う情報が飛びこんできた。

「上鳥羽の西の石原村に吉祥院の天満宮のご所領を警護《まも》る地侍の一団がいる。凄腕の鉄火女が一

党を尻に敷いて……」

「人聞きが悪いねえ。顎で使ったり尻に敷いたり」

お冴が言った。

「いつ近江から移った？」

「あのあとすぐのことさ」

「そうか」

「うん」

「俺はそのまま近江にとどまり、堅田《かたた》で同門の寺にもぐりこんだ。都にもどる気にはなれなくてね」

「あたしは生まれも育ちも大津でね」

大津と堅田は目と鼻の先の近さだった。京の都からやってきた旅芸人の一座の女が身ごもったすえ、大津の寺の門前に赤児を捨てた。赤児を哀れんだ寺の若い住職が親代わりとなって育ててくれたという。

「拾い主の和尚に惚れたってわけか？」

「なぜ？」

「だから俺を救ってくれたのかと思って」

「話としては面白いけどね」

お冴は鼻を鳴らした。お冴が自分を育ててくれた親切な和尚と死に別れたのは十五の年。

「結局、ぐれたか」

「気がついたら、南近江の界隈を荒らし回る押し込みの頭領の情婦《いろ》になっていた。けれど、そいつともあんたと別れて少ししてから気まずくなってねえ」

お冴は淡々と語をついだ。「たまたま、以前、頭領のもとをしくじって都に逃げた男がいたのを思い出した。そいつを頼って京の都へ……」

# 六

陰茎をお守り代わりにするのは、逃げた男が近江の頭領から受け継いだ習慣《ならわし》だった。もっとも、首から吊るすのは仕事のときだけらしい。効験が切れれば、棄てて新しいものにつけ替える。

「相手に投げつけるのもきまりなのかね?」

「きまりじゃないよ」

お冴はくすくすと笑った。「おおかたヤケを起こしたのだろうさ」

「八つ当たりか。まあ、そのおかげでこうしてあんたと再会できたわけだし、文句を言う筋合いもないだろうがね。それで、あんたが頼ったという男は?」

「あたしの亭主になった男かい?　五年前に死んだよ、子分たちを残してね。結局、女房のあたしが首領を引き継ぐことになって」

「代替わりはすんなり運んだのかい？」

「面白くない顔をするやからもいたけど、仁吉さんが助けてくれて」

「仁吉さん？」

お冴は、先代の首領の片腕をつとめた男だと説明した。なにくれとなく汗をかいて手下たちのあいだをまとめてくれたのだという。

「そうか。色々と苦労があったんだな」

「でもないさ」

「吉祥院のご所領をまかされていると聞いたが」

「石原村というのは昔から水争いで血をみる土地でね。どのご領主も用心棒を雇っているんだ。吉祥院とは古くからのつき合いで、いわゆるおとくい様というやつさ。ただ、いまの宮司は妙にシブちんのやつでね」

「それで金貸しの金蔵《かねぐら》に目をつけたか」

「まったく油断のならない坊主だね。かせぎに目がないのはいいが、なんでもかにでも首を突っこむと」

お冴は一休の睾丸をひねりつぶした。「いい死に方はできないよ」

一休は悲鳴をあげた。

睾丸の痛みは、翌朝遅く、鼻唄まじりにもどった八条院町の破れ庵の井戸端で顔を洗っているあいだもまだ疼《うず》いていた。するとそれはあらたな欲情を誘うのだった。

今夜は五つ半（九時）に会う約束だった。お冴の子分たち一人一人から人物鑑定《みさだめ》をうけるのだ。そのあとは？　なりゆきがすべてを決めるだろう。

昼間を寝て過ごした一休は、日暮れ近くに目を覚ました。粥をかきこむと、五つ過ぎに庵をあとにした。

山城屋の襲撃は明日の深夜。

仲間を組んだ上鳥羽の盗賊団と合流する。

手勢は合わせて十数名。

（下見の報告では、山城屋側の備えもほぼ同人数——）

死人がでるだろう。

（俊次、か）

下京の盛り場で度胸だめしのスリを命じられている威勢のよさが取り柄のような若造なのだ。

桂川の堤へきた。

（新入りの俺の役目は、坊やのお守りか）

苦笑いした一休は水車の堰の前で足をとめた。

なんとなく法衣の片肩をたくしあげた。

門のなかに入ったとき、風向きが変わるのが感じられた。

風にまじって血の匂いがつんと鼻孔を刺激した。

そのときには一休は顎を引き、法衣の袖をひるがえして駆けだしていた。

敷地をぬけた一休は、半開きになった屋敷の入口の戸のかげに身を張りつかせ、息を殺して内部をうかがった。

短刀を抜き、踏みこんだ。

廊下の奥から燭台の明りがおぼつかなく洩れている。お冴と一休が対面したあの部屋だ。

倒れた板戸を踏んで飛びこむと、部屋のあちこちに転がる死体が目にとまった。どの死体も血の海に浸ってぴくりとも動かない。

（お冴――）

息をぐいととめて目を走らせた。全員が男の死体だった。

すぐそばに体をくの字に折り曲げ、頬を床につけて倒れている男がいた。目を上に剥き、断末魔の苦悶の表情を浮かべていた。

俊次だった。

お冴の姿はどこを捜してもなかった。

# 七

お栄は尻を掻きながら祠《ほこら》のかげからでた。

こういう夜は筵がひどく重い。

頭をめぐらすと、三十三間堂《さんじゅうさんげんどう》の上に三日月が糸のように光っていた。

（まったくツイてない夜だねえ）

いまいましげに舌打ちした。（どうかしているよ。お客どころか犬の仔一匹通らないなんて）

お栄は丸めた筵をかかえ直すと、斜《はす》向かいの柳の下へ目をこらした。

（お蔦ちゃんも、いったいどこへ消えてしまったのやら）

お蔦は昨夜も姿をみせなかった。ひょっとしてどこかで絞め殺されてしまったのかもしれない。実際、すぐ近くの法性寺では三日前、べつの顔見知りの立ちんぼの娼婦の惨《むご》たらしい死体が発見されたばかりだった。

昔は、といってもお栄がこの稼業に入った十二年ほど前の話だが、立ちんぼを殺《あや》めるのは三度の飯よりも人殺しが好きな化け物連中ときまっていた。

ところが、最近はこうした最下層の娼婦たちのわずかな水揚げを狙う難民たちの襲撃があとをたたない。

（結局、また孤りぼっちか）

まったく神も仏もない。お蔦は、気性が荒くて話し相手の少ないお栄にとって珍しく気の合う仲間だった。毎晩商売に立つ場所もたがいに姿がみえるそばと決めている。年も二つ下、お栄にとっては妹のような存在なのだ。

ため息をついて祠を離れかけたお栄は、狭い境内をでようとしたところで思い直したように足をとめた。筵を地面に横たえると、

（バチが当たるのだろうねえ、やっぱり）

祠の前に引き返し、ふだんする通り手を合わせた。

お栄は捨て児だった。生まれてすぐ四条の悪王子社の祠の前に置き去りにされているところを人の好い鋳物《いもの》職人の夫婦に拾われた。夫婦が流行病《はやりやまい》で死んだのはお栄が七歳のときだ。長屋の差配人がお栄を引き取った。それから知らない男のもとに連れてゆかれ、気がつくと幼女専門の売春宿で客をとらされていた。十一になり商品でなくなって放りだされたお栄に、立ちんぼ以外に生きてゆく場所はみつからなかった。

一人の客もないこんな夜に、神様に感謝の手を合わせるのはばかげている気がしないでもない。ただ、お栄にはやさしかった養父の「神社やお寺は願い事をする場所ではない。みえないどなたかに手を合わせて感謝するための場所だからね」というそんな口癖がしみついている。

だからどんなに運からみはなされたときでも、手を合わせなければ悪いことが起きる気がするのだ。

（せっかくの祠の床を穢《けが》してすみません。あたしの生業《なりわい》なんです。どうか堪忍してください）

お栄はいつものように心のなかでつぶやいた。もう一度ため息をついて筵を拾いあげた。のろくさと境内をでようとして、ふと人の気配に面をあげた。

新日吉社《いまひえしゃ》の方角からせかせかと坂をおりてくる人影があった。姿形からみて男のようだ。

お栄は思わずほくそえんだ。

（どうやら神様はお見捨てにならなかったようだ）

人影は近づいてくるお栄の姿に気づいたらしく、坂の途中でぎょっとしたように足をとめた。

「お急ぎかい？　旦那。もしよければ……」

声をかけようとして男をみたお栄はあっと立ちすくんだ。

男は、筵をさげて絶句しているお栄を気味悪そうにみつめながら、少しずつ後ずさりした。山伏だった。長い錫杖《しゃくじょう》を右手にもち、頭巾《ときん》に結袈裟《ゆいげさ》の梵天房《ぼんてんふさ》をつけた法衣姿の背の高い山伏が無言のまま顔を左右に動かしてお栄をうかがっている。

「い、一蔵さんじゃないか！」

お栄の言葉を耳にして、男がはっと身構える気配があった。

「一蔵さんだろう？　あんた」

お栄は夢中で駆け寄った。男の左手が腰の護摩《ごま》刀をぐいとつかんだ。

「あんた、生き返ったんだね？」

男の返事はない。

「墓場から蘇るとはこのことだ」

お栄は興奮にはずんだ声で言った。「だけど不思議なことがあるものだねえ。胸から背中まで刀を通されていたあんたが」

「……」

男の手がゆっくりと護摩刀から離れるのがわかった。

なめるようにお栄をみている。睫毛のひどく濃い男だった。陽焼けした額の下で目が油断なくまばたかない。

「ひょっとして閻魔《えんま》様に追い返されたのかい？　え、罪業がまだ足りないとかなんとかけちをつけられてさ」

お栄は月を背にしているので相手の顔の造作がよくみえる。目元口元、こちらをみる目つき。まちがいなく一蔵その人だ。こめかみに薄青く浮きあがった血管の筋まで記憶にある一蔵そのままだ。

三十半ばにみえる男はしばらく息をひそめるようにみかえしていたが、短くうなずいた。

「地獄からも愛想づかしされたらしい」

お栄は噴きだした。

「しょうもない御仁《ごじん》だねえ。呆れてものも言えないよ」

男は肩をゆすった。

「やっぱりあんたはただ者じゃなかったね」

「ええ……？」

「ほら、宗哲さんが『こいつはただの山伏じゃない』って、あんたを介抱しながら」

「ああ……そうだったな」

「すると、おぼえているんだね？」

「うむ……うっすらとだが」

男はお栄から目を離さない。「すっかり迷惑をかけてしまったな……あんたや宗哲さんには」

「あんたが息をしなくなったのはそれからほどなくだったよ。宗哲さんが荷車を引いて、冷たくなったあんたを五条の河原に運んでくれたんだ。このままでは人の噂に立つと言ってね。あたしと二人であんたをおろして筵の上に寝かせて……」

五条の河原は都の貧民の墓場の一つだった。

墓場といっても実際はただの死体棄て場にすぎない。この時代、墓を造ることができる町人は比較的裕福な者にかぎられた。家に死人がでれば河原に放置し、鳥や獣に食わせて骨になるのにまかせる。亡骸《なきがら》を筵の上に寝かせるのは丁寧な方だった。

むろん信心深い人々のなかには、骨になるのを待って骨片を拾い集め、寺に祀《まつ》る者もいた。が、それができるのは余裕にめぐまれた庶民たちだけで、お栄には初めから縁のない話だ。

一蔵はゆっくりとうなずいた。

「そうだったな。おぼえているよ」

「えっ、おぼえているのかい？」

「いや……河原で目を覚ましたとき、筵の上にいたからさ」

「ああ、そういうことかい。でも、驚いたねえ。あんな深傷《ふかで》を負っていたあんたが、五日もたたないうちになにもなかった顔で歩き回っているなんて。いったい全体いつ息がもどったんだい？」

「そう……あれはたしか……まだ東の空が暗い時分だったかな」

「あたしたちがあんたを河原に寝かせたのは丑《うし》の刻（午前二時）くらいだったよ。じゃあ、そのあとまもなく」

「まあ……そういうことになるかな」

曖昧に顎を引いた男はしばらく唇をなめたあと、「それで、宗哲さんは？　相変わらずかい？」

「いや、それが、あれから『遠国《おんごく》へゆく』とふいと消えたままそれきりだよ。もっとも、のんきなあの坊さんのことだから、案外、いま頃どこかの悪所にしけこんでいるかもしれないけどね」

「じゃあ、いつ頃帰るとかそんな話は？」

「なにも聞いてないよ。どうして？」

「いや、見も知らぬお方たちに手間をとらせてしまったようだからさ。ところで、」

男は急に声をひそめた。「あんたの住まいは五条河原の……？」

「ああ、すぐ近くだよ。六波羅蜜寺《ろくはらみつじ》のそばの裏長屋さ」

男はなにやら考える様子だった。やがて目をあげて言った。

「ふむ。どうだろう、あんたや宗哲さんにはとにかく厄介をかけてしまった。宗哲さんについて話でも聞きがてら、あの晩の礼をしたいのだが。あんたがよければ、これからどこかで一杯どうだい？」

「え、これからかい？」

三十三間堂の木立で梟《ふくろう》が鳴きだした。

## 八

一蔵がお栄を連れていったのは七条二つ橋の西の橋詰、小路のどん詰まりの呑み屋だった。足の悪い主人が一蔵の顔をみるとどぶろくの徳利と盃を運んできた。一蔵は気がむけばこの店に顔をだすのだと言った。店に他の客はいなかった。

一蔵は、あの晩自分がなにをしゃべっていたかをしきりに聞きたがった。

「そういえば、しきりにうわ言を口にしてたよ」

「うわ言？」

「宗哲さんが耳に唇をつけて何か訊こうとするたびに、『オン・ダキニ』なんとかと呪文みたいな言葉を」

「ほう」

「そしたら宗哲さんが『みあげた根性だ。やっぱりただの山伏じゃないな』って」

「で……ほかには？」

「どうだったかねえ。こっちは血をとめるのを手伝うのに必死だったから。一度、宗哲さんが手洗いに立ったとき、あたしが『名前は？』と聞いたら、あんたは急に目をあけてあたしをみると『一蔵』と答えた。はっきりした声でね」

「うん」

「命の恩人だよ、宗哲さんは。もしあの晩、でくわしていなかったら、あんたはおそらくあのまま道端で……」

　店の主人がふいに現れて酒のおかわりをもってきた。二人は話をやめた。

　それは四日前、雨もよいの夜更けの出来事だった。この日、一日の商売を終えたお栄は、帰りを急いでいた。

　いつものように三十三間堂から清水寺とのあいだに広大な境内をひろげる妙法院に沿った道をぬけ、六波羅蜜寺の南側を鴨川にそそぐ小さな流れの木橋にさしかかったときだった。

　流れの少し手前、商人の別宅風の屋敷の方で誰かの叫ぶ声が聞こえた。お栄は何事かと立ちどまった。

うかがう間もなく、目の前の屋敷の木立の闇から人影が塀の上に現れた。しばらく肩で息をしていた人影は両手で塀をつかみ、外側に体を垂らして飛び降りようとした。途中で急に力がぬけたようにどさりと大きな音をたてて地面に落ちた。

木橋の向こう端に逃げかけていたお栄は、筵を抱きしめながらおそるおそる人影をのぞきこんだ。山伏姿の男だった。白手甲《しろてこう》を嵌《は》めた手で、苦しそうに左胸のあたりを押さえている。

どうしようかと迷ったそのとき木橋のかげからひょいと男がでてきた。

「宗哲さん！」

「おや、お栄じゃないか。なんだい、いまの物音は？」

「ほら、これ！」

「宗哲さんは医術の心得がある人でね」

お栄は一蔵に言った。「あのときは東山の知り合いのお坊さんを診《み》にでかけた帰りだったらしい。たまたま橋の下で用を足していたら人の叫び声がしたというわけさ」

「ふむ」

「心の臓はすれすれのところで逸《そ》れている」

傷口を点検した宗哲はそう言うとお栄にむかって、「聖《ひじり》を粗末にすると七代祟《たた》るというが、さて、どうするね？」

「そう言われたら、いくら薄情なあたしだって助けないわけにゆかないじゃないか」

お栄は一蔵に言った。「宗哲さんと二人、やっとの思いであんたを長屋のあたしの部屋に運びこんだ。手当てが効いたのか、なんとか血だけはとめることができた。でも、一刻くらい経つと急に息が細くなり、顔がみるみる土気色に変わってしまって。『どうやらここまでだな。だが、話はまだこれからだ』と宗哲さんがつぶやいたので、『なんの話か？』とたずねたら、『いや、極楽往生が待ってるだろうということだよ』って」

「ふむ」

「結局、息はとまったけれど、あのとき宗哲さんが血をとめてくれたから、あんたは助かったんじゃないか？　よくはわからないけど、そんな気がするよ」

お栄の言葉に一蔵は盃の手を休めてしばらく考えていた。

「一つ訊くが、宗哲さんはいつからあんたたちの長屋に？」

「そのほんの四五日ばかり前だったよ、あたしの隣の部屋に転がりこんできたのは」

「ほかに人は？」

「え？」

「宗哲さんは一人だったのかい？　それともほかのだれかと？」

「一人で住んでたよ」

「だれかが訪ねてくるとか？」

「あたしが知るかぎり、なかったよ。昼間はたいてい寝ていて、夜になるとどこかにでかけてゆき、夜明けまで帰らなかった」

「だれかと会ったとか言ってなかったかい？」

「さあ、あたしが聞いているのは病人を診に行った話だけだよ。どうしてそんなことを訊くんだい？」

「いや、なに。宗哲さんとはいずれじかにお会いして礼をのべなければならないだろう？　その前に、どういうお人かあんたの口から詳しく聞いておきたいと思ってさ」

「そんなにむずかしい人じゃないよ。ちょっと正体の知れないところはあるけど、ごく普通の酒好きのお坊さんだよ。あんたも会えばわかるんじゃないかい？」

「そうかい。なるほどな」

一蔵は盃のどぶろくを呑み干した。

「ところで、お栄さん」と口調をあらためて言った。「どうやら俺とあんたはただならぬ縁で結ばれているようだ。この縁を生かさぬ手はねえ。宗哲さんにはあとで必ず礼を返す。しかし、いまはあんただ。お栄さん、突然の話で驚くかもしれないが、俺はあんたのために力になりたい。どうだろう、そのためにここは一つ俺の相談にのってくれないか？」

## 九

翌日の晩。

お栄は一蔵と鴨川の支流の今出川に沿った土手の道を京の北のはずれにある上御霊社《かみのごりょう》の方角にむかって歩いていた。

一蔵が上御霊社の林の近くに住む隠居の妾奉公の口を世話してくれたのだ。あれよあれよというしかない事の運びようだった。

「ほんとうに、こんなきれいな小袖まで用意してもらって」

お栄は髪をこざっぱりとまとめ、結い上げている。一見したところ、ちょっとした商家の御寮人さんのようだ。

「耳の遠いもうろく爺さんだがね。いくつになっても独り寝のわびしさはこたえるらしい」

一蔵は土手を歩きながら笑って、「お栄さんの気には染まぬ相手かもしれないが」

「そんな気に染まぬなんて」

お栄は急いで首をふった。

実際、お栄にとっては、

(こんなことがほんとうに起きるのか)

夢のような話というしかないのである。

（やっぱり父さんの言う通りだった）

父さんは幼いお栄に言ったものだ。神様はかならずみていらっしゃる。好いことがあっても浮かれず、悪いことがあっても腐らず、いま生きていることに感謝する。神様はいつかきっと応えてくれると。

「よい父御《ててご》をもたれたようだな」

お栄の話を聞いた一蔵は感心したようにうなずいた。「誰にでも口にできる言葉ではないよ」

「ほんとうは『ああ、またはじまった』とあくびを噛み殺して聞いていたんですけど」

「あははは。そうかい」

「一蔵さんはお大尽のご隠居さんをたくさんご存じなんですか？」

「たくさんというほどじゃないが、節季の日がくるたびに祈祷を頼まれることが多くてね」

「あたしの父さんも、盂蘭盆《うらぼん》の日にいつも山伏の方にきていただいて、護摩を焚いてもらってました。『オヅヌをお祀りする』とか言って」

「役小角《えんのおづぬ》の昇天祭だな」

「役小角？」

「修験道《しゅげんどう》の仙人様だよ。子孫の繁栄を天上からみまもってくださる」

「そうだったんですか」

「お栄さんにもこの先、良い果報がきっとあるはずだよ」

「ああ……」

このとき土手の草むらで乞食がうんと無言で大きなのびをしたのだが、お栄も男も気づかなかった。

二人の話し声が闇のなかをだんだんと遠ざかってゆく。

結局、お栄が父親の話をしたのはこのときが最後だった。

三日後の夜明け。

鴨川と高野川の合流点のそばの河原で若い女の惨殺死体が発見された。

上御霊社の林から東へ道をたどって鴨川にで、南へ少し下りた先の場所である。

みつけたのは近くの漁師で、死体はもう烏に目玉を突つかれて赤黒い穴を空にむけていた。

なに一つ身につけていない裸である。

ふくらはぎの肉を食いちぎっていた野犬が漁師をみて威嚇《いかく》の唸り声をあげた。太腿から股間にかけて焼け火箸《ひばし》の跡が生々しい。

お栄はなにか言いたげに唇を薄く開いていた。

が、彼女がいったいなにを言おうとしたのか。それをたしかめようにも手だてを知る者は誰もいないのだ。

# 十

同じ日の午後遅く。

一休は七条の河原をのぞむ民家の一室でがっしりとした体つきの年寄りと向き合っていた。

「ふうん。するとおまえが踏みこんだとき燭台の火はついていたのだな」

白髪まじりの年寄りは首をかしげて言った。

「そうなんだ」

一休は腕を組んで答えた。「外から押し入られたのなら、火を消す暇《いとま》くらいはあったはず。明らかに不意を突かれていた」

「襲撃者たちはなにくわぬ顔ですでにお冴の目の前にいた。仲間割れだな」

「あんたもそうみるかい？　孫八さん」

「山城屋のしわざ、か」

孫八と呼ばれた年寄りは目を瞑《つむ》ったまま言った。「お冴が仕組んだ金蔵破りの計画を何者かが密告した。山城屋の指示を受け、お冴と手下の全員が揃ったところを狙いすまして」

「先手を打ったか」

「うむ」

「話の平仄《ひょうそく》は合う」

「いちおうはな」

孫八はうなずいた。「だが、どうかな……？」

一休は孫八がこういうときにみせる考え深そうな顔が好きだった。

七条の河原の乞食たちを一手に牛耳る孫八は目がみえない。が、その勘ばたらきの鋭さは尋常ではない。こうしてただ向き合っているだけで、なぜかすべてをみすかされているようなそんな気がしてくるほどだ。

「問題は」

孫八は淡々と言葉をついだ。「敵がなぜお冴を殺さなかったかということだ」

「あんたが山城屋なら殺しているかね？」

「よほど吐かせたいなにかがないかぎりはね」

「簡単に口を割るような女じゃないぜ」

「おまえがそう言うなら、その通りなんだろう」

孫八は薄く笑った。

一休と下京きっての乞食の元締めとのつき合いはそう長くない。三年前、たまたま同じ金貸しを強請の相手にしていることを知り、利益を分け合ったのがきっかけで親しくなった。もっとも、裏社会のしきたりなどには無頓着な一休のこと、最初は得体の知れない縄張り荒しと孫八の側から大いに警戒されていたふしがあったのだが。金貸しの主人は借金のかたに年端もゆかない娘を差しだささせ、もてあそんで飽きると娼婦として明の密貿易船に叩き売るのをならいとする男だった。

一休の強請坊主としての悪評はこれら被害にあった豪商たちによって誇張されたところが大きい。強請のネタは孫八の手下たちが勝手に仕込んでくる。すねに傷をもつ商人は多いのでけっこう忙しい。一休がむしりとったカネの半分は手下たちを通じて孫八に上納されるといういわばもちつもたれつの間柄だった。

「お冴は敵の手をすりぬけて脱出したのかもしれない」

「その可能性はある」

「だろう？」

「俺としてはそうあってほしい」

孫八の落ち窪んだ瞼の裏側で目玉がじっと動かない。

「ただ、いずれにせよ確証がほしい。お冴が無事に脱出して身を隠したというたしかな証しが」

「探らせてみよう」

一休はまぶしそうに孫八をみた。

（この一言が聞きたかった）

孫八は茶をすすった。なにげなく言った。

「ところで、おまえ、お栄という女の名前に心当たりはないかね？」

「お栄？」

「この向かいを猟場としていた立ちんぼだ」

孫八は窓ごしに七条二つ橋のかかる鴨川の対岸、東山の連山の緑を背に三十三間堂や妙法院が大屋根を光らせるあたりを顎でさした。

「七条界隈の説法会によく足を運んでいたらしいのだが」

「いや、ないな」

「そうか」

「あの辺で説法会を開く出家は俺一人じゃないしな。立ちんぼに記憶はない。ああ、そういえば、いつだったか一度若い立ちんぼが相談にきてあれこれ話したことがあったが、その名前ではなかった」

「ふむ」

「どういう女なんだ？」

「いやさ、それをこれから知りたいと思ってね」

孫八はどこか蛤《はまぐり》を思わせる厚い唇を閉じた。

「気になるな。深い事情《わけ》でもあるのか？」

孫八は返事のかわりに黙って肩をゆすった。

（この蛤は一度閉じたら）

一休は孫八の唇をみながら思った。二度と開かない。たとえどれほど茹《ゆ》でてもだ。

このつぎの問いには肩すらゆすらないだろう。孫八は舌で頬に瘤《こぶ》をつくっている。

一休は茶をすすった。

## 十一

どれだけ時間が経っただろう。

お冴は昏睡から目を覚ました。

「オン・ダキニ・ギャチ・ギャカニエイ……」

暗闇の遠くの方で合唱する声がした。

「オン・キリカク・ソワカ」

こんどは一人の男の声。

「オン・キリカク・ソワカ」

男の声が終わるや、合唱の声がいっせいにくりかえした。全員が男のようだ。一人が先唱し、ほかの者たちが追随しているのだ。呪文の勤行《ごんぎょう》だろうか。

痛みに顔をしかめながら体を起こしたとき、記憶がふいに蘇ってきた。

（あたしとしたことが――）

石原村の根城で襲われた直後、当て身を喰らって気を失ったお冴が息を吹き返したのは、どこかの庭先だった。嵌められていた猿ぐつわを解かれ、首をぐいと誰かの方にむけられた。黒ずくめの覆面の一団とそれを背にこちらをみおろす男の姿が目に入った。

男はなめ回すような視線をお冴に投げた。

「ちがう！」

切り裂くように叫んだ。黒ずくめの男たちの群れのあいだに動揺が走った。

「オン・ダキニ・ギャチ・ギャカニエイ・ソワカ」

「オン・ダキニ・ギャチ・ギャカニエイ……」

呪文の声は途切れずにつづいている。

庭の篝火《かがりび》が煌々《こうこう》と焚かれたあいだに黒覆面の一人が現れた。湿った布をお冴の鼻に押しつけた。しびれ薬の甘い匂いが鼻孔一杯にひろがり、目の前の世界がみるまに遠のいた。世界が消え去るまぎわに庭に面した屋敷の欄干がちらりとみえた。

お冴は夢をみていた。

如意輪観音になった夢だった。観音のお冴はみえない誰かにむかって腕を差しのばした。

みえない誰かの手が握り返すのが感じられた。

やさしいぬくもりに満ちた手だった。

「――」とお冴は相手の名前を呼んだ。答えは返らない。

もう一度呼んだ。

「一休」

こんどは叫ぶように。その自分の声で目を覚ましていた。

お冴は自分の胸のあたりをまさぐってみた。着ているものは襲われたときのままのようだ。むろん腰の刀は抜きとられ、丸腰にされている。

そばをみまわそうとして上体をよじった瞬間、割れるような頭の痛みに息がとまった。思わずうめきながらよろめいて、床に手をついた。するといままで気づかなかった冷たい石の感触がてのひらに伝わった。

相変わらず周囲は墨を流したように真っ暗のままだ。

（ひょっとして目をやられたのだろうか）

不安に駆られて目元をさわってみる。痛みもなく傷ついた様子もない。どうやら無事のようだった。

少し気持ちが楽になったとたん、鼻が空気にまじる土の匂いを嗅いだ。湿り気を帯びた匂いだった。

（地下の穴倉？）

思ったそのとき、どこかで人の気配がした。反射的に腰の物をつかもうとしたが、むろんそこにはなにもない。お冴は恐慌状態に見舞われた。

闇の奥に火が現れた。まるで鬼火のようにゆらゆらと揺れながら近づいてくる。手燭《てしょく》の火のようだ。

火が目の前にきたとき、太い木の格子が照らされながら浮かびあがった。

火をもつ手元がみえた。しきりに手燭を動かし、こちらをのぞきこんでいる。

「おい」

低い声がした。

お冴は自分が呼びかけられたと思ったが、すぐに違うとわかった。闇のなかでくぐもった声が応じ、もう一人の手が格子の向こうに浮かぶと、がちゃりと錠を外す音がした。呪文の声はいつしかやんでいた。

お冴が引きずりだされたのは、つるつるに磨きあげられた板敷きの広間だった。

廊下から入り口にかけてみおぼえのある黒ずくめの集団が壁に沿って坐っていた。引きずられてくるお冴にいっせいに目をむけたが、顔の下半分を覆面で隠しているので、表情はうかがえない。

入り口のそばまできたとき黒覆面の一人が、

「まったくまぎらわしいよな」

小さくぼやく声が聞こえた。なんだか迷惑そうな口ぶりだった。隣で腕を組んでいた覆面が目尻を皺寄せるのが視野の端をかすめた。いったいなにがまぎらわしいのだろう?

広間に入るとあけ放たれた縁側ごしに射しこむ光がひどくまぶしく感じられた。縁先の欄干がちかちかする目にとまった。昨夜の欄干だった。その向こうに庭があり、背の高い林の木立が視界をさえぎるように取り巻いていた。

広間の正面の奥は黒と白の巨大な勾玉《まがたま》の形を二つに組み合わせた太極《たいきょく》図の掛物で覆われている。黒が陰、白が陽を表す中国古代の陰陽説に由来する図で、太極とは宇宙の森羅万象をつかさどる根本原理のこと。陽は攻撃・亢進の流れを、陰は防衛・沈静の流れをさす。陽の典型が男、陰の典型が女とされるため、京の妓楼街では客が妓女と戯れる寝間をこの神聖な図柄の絵で飾るところも多い。

掛物の両端に竜の透彫《すかしぼ》りをほどこした香炉がぼんやりと薄煙を立ち昇らせていた。

太極図の前に厚い上畳《うわだたみ》が敷かれており、でっぷりと太った男があぐらをかいていた。年齢は五十代の後半だろうか。前の晩、庭で首をつかまれたお冴の顔を調べた男だ。そのときはわからなかったが、猪首《いくび》の上にのる福助頭の広い額にまるで作り物のような太い眉をつけている。きれいに撫でつけた髪を公家風の菱形の髻《もとどり》で結い上げている。

取り巻きらしい連中に囲まれていた。

「解いてやりなさい」

呪文を先唱したのと同じ声が言った。

「はっ」

いつのまにかお冴の背後にひかえた黒装束の一人が手首をつかみ、短刀で縄の結び目を切った。

「怖い思いをさせたね」

微笑をふくんだ表情で眺めていた男は、昨晩とは別人のような柔らかい声音で、「とんだ人違いをしでかしてしまった」

（人違い？……）

男は明服《みんふく》の袖からのぞくぽってりとした手をあげた。「あれを、ここに」

部屋の隅の誰かに指示した。

「しかし、たしかによく似ている女だな、豪安。夜目なら間違えるのも無理はない」

男の横でお冴をジロジロとみていた頬骨のでた男が言った。血色のよい豪安にくらべて顔の青白さが目立つ男は六十前後。お冴と手下たちがこの半年くりかえした下見のあいだ何度もみかけた顔、山城屋の主人の吉兵衛だった。

むろんむこうがお冴を目にするのはいまが初めてだったろう。

お冴の前に備前焼の瓶《かめ》が静々と置かれた。木蓋をのせた大きな瓶で、窯変《ようへん》の胡麻模様がついている。荒縄で十字に縛られていた。

「みせてやりなさい」

豪安は楽しげに言った。瓶を運んできた手下が荒縄をほどいた。蓋をあけてつかみあげたのは男の生首だった。

昨晩、石原村の寄り合いのさなかに、引き連れてきた子分とともにだしぬけに斬りかかってきた男。お冴の一党を血祭にあげた上鳥羽の盗賊団の首領がだらしなく舌を垂らして、目を閉じている。

「人を裏切る人間はどうにも好かんのでな」

豪安は言った。「あんたも色々と言いたいことはあろうが、わたしが出来るせめてもの罪滅ぼしだと思ってもらいたい」

「あんた、変装の名人だそうだな」

山城屋吉兵衛が口をはさんだ。

「こいつの話では」と生首の首領をさしながら唇をゆがめ、「声色も使うとか。まったく、わたしの金蔵を狙うとは好い度胸をしているよ。女にしておくのはもったいないくらいだ」

「そのあたりも小弓に似ているじゃないか。ますます気に入ったよ。首をこちらへ！」

豪安はお冴から目を離さないまま、かしこまって生首をかかげる手下に上機嫌に命じた。

豪安は、手下がうやうやしく差しだす首を目の前で鼻をうごめかしながらためつすがめつ眺めた。舌を大きくだすと、その頬をぺろぺろとおいしそうになめはじめた。

「裏切り者は裏切り者の味をしている。けえっけっけっけっけっ」

怪鳥のような笑い声をたてた。

「ちっ、気味の悪い！」

吉兵衛は吐き捨て、「そんなことをしている場合か。いま頃小弓は宗哲と二人どこかへ高跳びしているかもしれんというのに。ぐずぐずしていると手遅れになるぞ」

「その話はあとにしてもらおう」

豪安は冷え冷えとした声でさえぎった。「その前に一つやることがある」

## 十二

お冴の上で脂肪の塊がしきりに動いていた。

「同じだ、どこもかしこも小弓と同じだ」

豪安は腰をゆるやかに前後させてはうわずった声を放った。

壁際で山城屋吉兵衛がうってかわって面白そうに盃をなめている。隣に山伏姿の男が坐っていた。

お冴は後ろ手に縛られ、全裸だ。猿ぐつわを嵌められている。さきほどの部屋の奥の間だった。

「小弓、わたしの小弓」

豪安はうわ言のようにくりかえしている。

男たちは目くばせをかわし、肩をゆすり合った。

お冴は薄暗い天井をみあげた。

燭台のかすかな光がおよぶ天井一面に青黒い姿で端座する不動明王が描かれていた。紅蓮《ぐれん》の炎を背に、憤怒《ふんぬ》の眼尻をあげ、カッと口をあけてお冴をみおろしている。

豪安が体を密着させたまま、お冴の首筋をなめはじめた。生暖かい舌がぴちゃぴちゃと音をたてている。

「同じ味だ、全部。ああ、匂いまでも」

豪安がお冴の腋の下に激しく鼻をねじこませた。お冴はうつらうつらと夢をみていた。

夢のなかで「さあ、お裾分けだ」という声がした。男たちの笑い声が聞こえた。

……体の上の男はいつしか山伏姿の男に変わっていた。三十五六だろうか、睫毛がひどく濃い。燭台の炎が揺らいだ。天井の不動明王がぐるぐる回りはじめた。

山伏姿の男が豪安や吉兵衛の耳に届かない声でなにかつぶやいている。「小弓……」と聞こえた。

つぎは覆面姿の男たちだった。

遠のく意識のなかで、

（生きのびねば。なんとしても生きのびねば。あの娘《こ》のために）とお冴は思った。

# 十三

「お蔦さん、あんた、あたしをいつでもみすてていいのよ」

目に白い布を巻いた小弓が、背中を拭くお蔦に言った。

「なにを言いだすのかと思ったら」

お蔦は小弓の背中をこする手に力をこめた。「怒りますよ。さあ、じっとして。あと少しですみますから」

お蔦は小弓の背中に使った布をまた川の水で洗った。

（こんなに好い人を面倒にまきこむなんて）

小弓はさすがに思った。（あたしはそれだけで地獄に堕ちるかもしれない。ほんとうに、みたくもない夢とはこのことだ）

小弓は河原の石に腰かけ、お蔦に体をぬぐわせている。素足を浸す川の反射が小弓の面を白く照らしていた。

水路のような空がひろがる渓谷の一角だった。崖の高さで深い谷だとわかる。崖の下にへばりつくように開けた河原だった。崖の上を縁取るのは鬱蒼とした森だ。

河原はここから上流と下流にむけて窄《すぼ》まり、いまの水かさでは人一人がやっと通れるほどになる。鉄砲水のときに押し流されてきたのだろう、大きな岩があちこちの浅瀬で陽を浴びるのが目についた。上流は見通せたが、下流は岩が所狭しとひしめき合って視野が阻まれている。

どこかで郭公《かっこう》が鳴いていた。

「小弓さんはきっと元気に長生きできます。そして極楽にゆくんです」

お蔦は最後にもう一度布を川の水で洗ってしぼると、てきぱきとした口調で、「さあ、上がりましょうか。稗粥《ひえがゆ》が炊《た》きあがっている頃ですよ」

小袖を着せられた小弓はそのままお蔦に手を牽《ひ》かれて、渓谷の崖のあいだの石段をおぼつかない足取りで森のはずれの陋屋《ろうおく》へもどった。

お蔦はゆっくりと粥を口に運ぶ小弓に、

「目の痛みはどうですか。少しはよくなりましたか？」

「ありがとう。おかげでだいぶ楽になったわ」

お蔦はほっとしたように笑うと、小弓の口元の汚れを手際よく拭き取った。

「ようございましたね。お肌の光沢《つや》もここにきたときとはみちがえるようによくなりましたよ」

「そうかしら」

小弓は疑わしそうな声をだした。

「ええ。そうですとも」

鏡があればみせたいくらい、と言いかけた言葉をあわてて呑みこんだ。

小弓は自分の目が二度とみえないことに気づいているだろう。ほんとうにあんなにきれいな目をしていた人が、と思うとお蔦は暗澹《あんたん》とした気持ちになる。しかも、これはたった五日のあいだに起きた出来事なのだ。

（この五日間――）

お蔦には、それがまるで千年も経ったかのように感じられるのだ。

そう、あれはお蔦がいつも通う小路だった。

五日前の晩。東山にある役人の詰所《つめしょ》の焼跡。くわしい話はお蔦にもわからないが、どこかの気味の悪い悪党の屋敷を逃げだした小弓は一蔵や子分たちといるところを敵の一味が差しむけた追手どもに襲われたのだ。

小弓の話では、小弓と一蔵たちは瓦礫のなかに坐りこんでなにか大事な相談事をしていたらしい。

敵味方入り乱れての激しい斬り合いになり、

「あっ――」

目を相手に撫で斬りにされた小弓は、衝撃と痛みに思わず刀を取り落とした。よろめきかけた小弓を一蔵が受けとめ、片手でその敵の横面に斬りつけた。生き残っていた年かさの子分と命からがら小弓をかかえて焼跡を脱出したのだ。

小弓は一蔵と年老いた子分に両脇から助けられて夜の小路を必死で駆けていた、行くあてを失った絶望に駆られながら。

（もしあの夜あたしがお蔦さんと出会わなければ）

小弓はいま、まるで遠いある日の出来事のように思い返す。（お蔦さんもこんな人でなしどもの世界に引きずりこまれずにすんだはずだ）

あれはあまりの目の痛みに朦朧としかけたときだった。

「小弓さん？」

突然近くで女の声が聞こえた。耳にしたおぼえのある声だった。「こ、小弓さんじゃないですか？」

小弓を抱きかかえる一蔵の体がはっと硬張るのが感じられた。すかさず身構えながら腰の刀をつかむ気配が伝わってきた。

（この声は、たしかあのときの――）

思った瞬間、小弓は自分でも驚くほど大きな声で、

「やめて、一蔵さん。この人は味方よ！」

叫んでいた。

「味方？」と一蔵の警戒を解かない声が言った。

「小弓さんはあたしの命の恩人なんです」

お蔦が震えながら早口で言う声がした。歯の根も合わない感じだった。もっとも、お蔦はこのとき小弓の閉じた瞼から垂れる血にすっかり肝をつぶして怯えていたのだが、小弓にはわからな

い。

「一蔵さん、ぐずぐずしていると、やつらが加勢をよこしますぜ」とせわしなく言う子分の声がした。

「くそうっ。小弓を休ませたい」

一蔵のうめくような声が答えた。

「市中はあぶない。いま頃は鳥羽口あたりにも豪安の手の者が」

「大原口はどうだ?」

「同じでしょう。おそらく京の七口はすでに押さえられている。このままでは袋の鼠に……」

それを耳にしたとたん、

「明神谷《みょうじんだに》、明神谷なら!」

お蔦は無我夢中で叫んでいたのだ。

一蔵と子分は筵をかかえるお蔦を探るようにみた。それがすべてのはじまりだった。

(そう、まるですべては夢の出来事だったような)

その思いはお蔦も小弓と変わらない。

五日前のこの晩。お蔦は七条の二つ橋に近い小路をいつもの猟場に急ぐところだった。お蔦が立つのは三十三間堂の祠のそばの柳の樹の下だ。

この二つ橋がかかるのは、のちに江戸時代になって七条大橋が設けられた場所である。鴨川の

河原に二本の橋が並んで中州をまたいでいることからこの名があった。お蔦は毎晩日暮れととも
に橋の西詰の小路にある長屋をでると、ここを通って猟場へ通うのである。
(お栄さんは今夜もきているだろうか?)
二つ橋を東山の側へ渡り終えて少しゆくと、数年前に失火で焼け落ちた役人の詰所があった。
その向かいの地蔵堂の角を南へ折れると目当ての柳はすぐ先だった。
焼跡の手前までくると、お蔦は筵をかかえ直し、目を瞑る思いで急ぎ足になった。ほんとうは
二度と足をむけたくない道だったが、柳の下へゆくにはここを通るしかないのだ。それは人見知
りが強く猟場取りの争いにいつも負けてしまうお蔦に同情したお栄が貸してくれた場所。むざむ
ざと手放すわけにはゆかないのである。
地蔵堂の軒が月明りにひっそりと浮かぶ場所まできたときだった。誰かの怒鳴り声がした。男
たちの声だ。
(もしやまた)
お蔦は反射的に建物のかげに身をよせた。
いつかの晩の恐怖が体じゅうを震わせて蘇ってきたのだ。

# 十四

（そう、あれこそはみたくもない夢だった）

お蔦はいまでも思い出すたびにぞっと歯が鳴る思いで考える。

ひと月前、ひどく蒸し暑い晩のことだった。お蔦はこの道で奇妙な黒覆面の一団に襲われたのだ。いつものように猟場へむかっている途中の出来事だった。

目の前に人が立った。誰かしらと面をあげたとたん、腕をつかまれていた。抵抗する暇もなかった。みぞおちを拳でしたたかに打たれたお蔦は気絶した。気がつくと、布をかぶせた竹籠のなかに閉じこめられて運ばれていた。叫ぼうとしたが、猿ぐつわを嵌められて声がだせない。体は縄で縛られてもがくこともできない。わけのわからない恐怖のなかでお蔦はふたたび気を失った。

また目が覚めると、こんどは建物のなかにいた。石の床が水を撒いたようにひんやりと冷たい、嫌な臭いのする場所だった。縄が解かれているのがわかった。お蔦は、四つ這いになりながら、真っ暗闇のなかを手探りをした。少し膝をすすめると、なにかに手がふれた。木の格子だった。太い格子が嵌められているのだ。

（牢屋のなか……？）

なぜこんなところに？

混乱しかけたそのときだった。

闇の奥からゆらゆらゆらと光が近づいてきた。光は目の前にくると、格子ごしに調べるようにお蔦の顔を照らした。ややあって、

「あんた、このままでは殺されるよ」

押し殺した声が聞こえた。若い女の声のようだった。

「ほら、あれ」

手燭の光が動き、地下牢の奥の隅が照らしだされた。

裸の女が石の壁に痩せた肩をもたせ、足を床に投げだして動かない。ぽっかりとうつろな目を見開いている。

息をのんだお蔦の耳に「待ってなさい」と女の声がすると、いったんどこかへ姿を消した。しばらくしてもどってくると、がちゃりと錠の外れる音がした。

「ついておいで」

女の声が言った。

女は慣れた足取りで地下の通路をぬけ、石段を上がった。外にでると、あたりに人がいないのをたしかめてから手燭の火を吹き消した。月明りのなかを木立に入って少しゆくと女が足をとめた。高い塀に梯子がかけてあった。女が初めてふりむいた。

「さあ、ここから」と顎をしゃくった。

月明りが女の顔を照らしだした。齢は十六、七というところだろうか。切れ長の大きな目が強い光をたたえている。とても美しい少女だ。小袖に裾を括《くく》った武者袴をつけ、腰に刀を差していた。

なにか言おうとするお蔦を、

「いいから、急いで」

少女は早口でせかした。

「せめてお名前だけでも」

塀の上にあがったお蔦は言った。

「小弓」

放りだすように答えた女は、「今夜のことは忘れるんだ。二度と捕まるんじゃないよ。さあ、早く」

お蔦は塀の外に飛び降りた。月明かりの道を一心不乱に駆けだした。……

お蔦は小弓に言われた通り、この夜の出来事は誰にも口にしなかった。あのお栄にもだ。口にしたとたん、またあの悪い夢が舞いもどってきそうな、そんな気がした。

そして、ひと月過ぎた夜。お蔦は再会をとげたのだ、思いもかけなかった場所で、悪党の巣から逃げだし、こんどはひどい怪我を負わされてしまった小弓と。

これまではお世辞にも信心深いとはいえないお蔦だったが、

（あれは天神様のお導きだったのかもしれない）

お蔦はいまではそう信じたくなる。

二人の男に両脇をかかえられながら駆けてくる小弓の顔を認めたお蔦は、転がるように建物のかげから飛びだしていた。小弓が目から血を垂らすのに気づいて茫然と立ちすくんだ。「このままでは袋の鼠に」という声を聞いたとたん、

「明神谷、明神谷なら！」

お蔦は矢も楯もたまらず叫んでいたのだ。

## 十五

小弓を背負った一蔵、それに子分の三人がお蔦の案内で明神谷の奥の樵《きこり》小屋にたどり着いたのは、夜が白々と明ける頃だった。

明神谷は京の西北、奥嵯峨《おくさが》に深い渓谷を刻む清滝川の支流をさらにさかのぼった先にあった。樵以外は猿しか住まない谷である。

小屋といっても、お蔦が十一のときにでて以来十年も住む者はなかったので、朽ち果てている。お蔦自身、それをみたときは、小弓たちを連れてきたことを一瞬後悔しかけたほどだった。が、一蔵と年かさの子分の二人は驚いた顔もみせず、近くから木を伐りだし、半日もたたない

うちに元通りにしてしまった。

ひと段落すると、二人の男は長いひそひそ話をはじめた。

なにやら近づきがたい雰囲気だった。「ソウテツ」という言葉がときおり聞こえた。

途中で一度だけ一蔵がひょいと顔をあげて、

「あんた、親御さんは？」

とお蔦にたずねたことがあった。

「いえ、ここはあたし一人です」

お蔦は答えた。「父さんと母さんは十一のときに流行病に罹《かか》って死にました」

「ふむ」

お蔦は淡々と説明した。両親の亡くなったあと、親戚たちが集まって相談したこと、相談がまとまり、都からきていた知り合いの人買いに売られたこと、それから五年、十六歳になった年かちは東山あたりの七条の河原に近い裏道に出没する娼婦として生計《たつき》をたてていること、小弓の身の上についてはなにも知らないこと。

話すうちに、これらのすべてが遠い夢の世界の出来事だった気がした。

一蔵と子分は顔をみあわせた。たがいにうなずくと、お蔦を忘れたようにまた長い密談をはじめた。

日暮れどき。

一蔵は、「明日じゅうにもどる」とお蔦に告げた。

子分と小屋をでるとき、ふと思いついたように足をとめると、懐からとりだした小袋をお蔦に投げてよこした。

疲れ果てて眠る小弓をみまもったあと、腰から外した守り刀をそっと枕元に置いた。

「では、頼むぞ」

お蔦に声低《こわひく》に言い残すと足早にでていった。

その小弓はいま目の前で無心に箸を動かしている。

小弓にはいつかのあの晩お蔦を助けた女剣士の面影はどこにもない。

小弓は自分を閉じこめていた悪党の巣から、味方になってくれる男たちの手を借りて逃げだした。自由の身になろうとしたのだ。けれどもその男たちはもういない。

そう、目のみえない小弓には、もうお蔦だけが頼りなのだ。そしてお蔦には頼られることがなにもまして幸福なのである。

小弓のしゃりしゃりと粥を咀嚼する音が聞こえている。

一蔵は五日過ぎてもなぜかもどってこなかった。身の上になにか悪いことがおきたのかもしれない。

(いっそ永遠にもどらなければいい)

お蔦の懐には一蔵がくれた砂金の小袋がある。これだけあれば、小弓と二人、二十年、いや、三十年も暮らしがたつだろう。
夢の世界は夢の世界、過ぎ去るならば過ぎ去ったままにしておけばよい。
（小弓さんは生まれ変わった）
お蔦は思った。（どうしてあたしが生まれ変わっていけないわけがあろうか？）

# 第二章　探索

## 一

日が高くなると風向きが変わった。

眼下の鴨川で白い色彩が爆《は》ぜている。

鷺《さぎ》の群れが七条の二つ橋を越えて散ってゆく。烏にでも追われたのだろうか。そこだけ白胡麻を小さく撒き散らしたようにみえる。群れの鳴き声はこの阿弥陀ケ峰の高台までは届かなかった。

一休は瓢《ひさご》の酒をのどに流しこんだ。

（この都のどこかに）

お冴はいる——一休は手の甲で唇をぬぐった。まばたかない目に焦りの色があった。

このひと月のあいだ、お冴の行方は杳《よう》として知れなかった。

「わたしの経験では」

三日前、孫八は訪ねてきた一休に言った。「こういう場合、考えられるのは二つしかない」

無言でみかえす一休に、

「おまえには悪いが、すでに消されている。これが一つ。二つめは……」

（しかし、そんなことがあり得るだろうか？）

一休は風のなかで目をそばめた。（お冴がみずから身を隠す理由、そんなものがどこにあるというのか？）

一休は目を京の西に屏風のように連なる西山の連山に転じた。一休がいる東山の南の端、阿弥陀ケ峰の斜面の一角からは京の街並み全体がみわたせた。

いや、京の市内だけではない。西山の南側の天王山と鳩ケ峰のあいだから大坂平野の空をみはるかすことができる。当時の摂津の国である。大坂という地名は一休の少しのち、浄土真宗の中興の祖蓮如《れんにょ》が今日の大阪城に大坂御坊《おおさかごぼう》（石山本願寺）を建ててからひろまったもの。一休もその存在は知らない。

天王山から北へなだらかに稜線をたどってたどり着くのが西山の主峰の小塩山《おしおやま》だ。一休が十代の頃に修行した寺はこの谷あいの村にあった。

護摩焚きの祭でもあるのか、東寺の五重塔のそばで煙があがっている。

一休は西山の手前、桂川の左岸にある石原村のあたりに視線をこらした。むろん一里半（約六キロ）も先の村のこと、いつかの地侍の屋敷などは翳《かげ》すら認められない。

目を市中に移して、四条大路の山城屋のある界隈の家並みをみつめる。

（お冴と山城屋――）

一休と孫八はこのひと月のあいだ探り回ったが、手がかりらしい手がかりはなにもでてこなかった。

山城屋について集まった情報《はなし》といえば、この春に主人の吉兵衛が女房の葬式をだしたこと、女房の実家は堺の貿易商であること、その縁なのかこのところ店に堺に上陸した爪哇や暹羅《シャム》（タイ）の商人たちの出入りが目立つこと、相変わらず羽振りがよさそうなことなど、噂好きの京雀なら誰でも聞き齧っていそうなことばかりだった。

ひと月前、石原村の侍屋敷で出入りがあり地侍を装った盗賊団の男たちが殺された。死人は全部で七名。お冴の手の者たちだが、決して少ない数ではない。

それが噂にもならない。

いつの時代でも裏社会の者たちは耳ざとい。お冴と手下たちは明らかに山城屋を襲撃する寸前だった。

その一味を屠《ほふ》ったのが山城屋ならば、

（匂いの一つくらいでてもよいはず）

それが、ない。

「よほど上の縛りが効いた集団の仕業か」

三日前、孫八は言った。「あるいは事をすませたあとに徹底的に口封じをしてのけたかのどちらかだろう」

口封じとはいうまでもなく殺害のことである。

「ふむ。で、」

一休は言った。「目星の方はついているのかね？　それがどんな集団か」

「ついていればこんな話はしていないさ」

「ばかな質問をしたようだな」

孫八は目元を皺寄せた。

そう、

（お冴は山城屋の息がかかった者に連れ去られた――）

そこまではいいとしよう。

だが、と一休の疑問はここでそもそもの出発点に立ちもどる。やつらにお冴を必要とするどんな理由があったというのか？　それがわからない。

（仮にお冴がさらわれたとして）

問題はそのあとになにが起きたかだ。

お冴は知っているはずだった、自分がかどわかされたと気づけば、一休が夢中になって捜すにちがいないことを。

（それでもお冴がみずから身を隠すという場合）

それは彼女に一休から身を遠ざけたいよほどの事情があったことを意味する。

「地獄ってどんなところだろうね」

ひと月前の晩のお冴の声が耳元に帰ってきた。

「なぜ?」

「みんなみてきたような話をするからさ。鬼たちに心の臓をぬかれるとか、血の池に突き落とされるとか。あんたならほんとうのことを教えてくれるのじゃないかと思ってさ」

「目の前のいまが地獄さ」

「え?」

お冴は一休の胸から顔をあげた。

「心の臓をぬく鬼も血の池も心のなかの話ということだよ」

「地獄は心のなかにあるということ?」

「うん」

「じゃあ、鬼払いで誰かを鬼と呼んで殺している人は地獄にいるんだ」

「流行っているな、そういうのが。あれは獣の道に堕ちている。『鬼とは人の心なり。鬼の住む心が地獄なり』——昔の偉い坊さんの言葉だ。説教臭いかい?」

「でもないよ。じゃあ、鬼払いで誰かを殺した連中も死んだ後地獄に堕ちない?」

「その代わりに因果応報の掟という言葉がある」

「前世の因果とかいうあれ?」

「結局は、それもこの世のうちの話だよ」

「この世のうち?」

「自分の撒いた種は自分で刈り取らねばならない。この掟からは誰も逃れられない。俺の教わった話ではそういうことになっている」

　お冴はしばらく黙ってから言った。

「訊くけど」

「うん」

「地獄に一番ふさわしい罪ってあるのかな?」

　一休はお冴をみた。

「色々あるでしょう?　人殺しとか……子を捨てる罪とか」

（なぜあのとき）

　と一休は悔やまざるを得ない。「そんなにおっ母さんを地獄に堕としたいのか?」などとつまらぬ軽口を叩いたのだろう?　あのときお冴はべつのなにかについて訴えたかったにちがいないのだ。そう、一休の知らない重大な何事かを、秘密を。

「エイホウ〳〵」

　北風が木の間ごしに声を伝えた。

（人夫が貴人の墓の造作でもはじめたか）

　阿弥陀ケ峰の北側の山麓の一帯は古くから鳥部野《とりべの》と呼ばれる。

　京の有名な葬送の地で、庶民は運びこんだ遺体を樹の枝に吊るし、鳥たちに喰わせる。鳥部野の名はそこからきていた。

チベットやネパールの一部にはいまでも残る鳥葬だが、この頃の日本では京の都にかぎらずごくありふれた亡骸の葬り方だった。

鳥部野の少し離れた先に清水寺の本堂がぽつんと陽を浴びている。そこから鴨川に下れば五条の河原に突き当たる。

一休は大きく息を吸いこむと、目をなにげなく西北へ投げた。

家並みで埋めつくされた遠くに愛宕山《あたごやま》が深い森をたくわえるのがみえた。

東の比叡山《ひえいざん》、西の愛宕山と並び称される山伏の聖地だ。

山伏は神秘的な力をもち、森のなかで獣と遭遇しても身につけた呪力で錫杖一閃、金縛りにして去るというが、一休は昔からそのたぐいの験力《げんりき》話はあまり信じない。

いまその森が隠す谷の一つに二人の女が逃げこんでいる。

谷の名はやがて一休にとって二度と忘れられないものになるのだが、このときのかれはまだ気づかなかった。

## 二

数日過ぎた午後のこと。

一休は七条の河原をのぞむ孫八の部屋にいた。

「砂金四万両？」

一休はちょっと呆然とした。「たしかな話なんだろうな」

「わたしも最初は耳を疑ったが」

孫八は言った。「念のため加賀に人をやってウラをとってみた」

「ただの噂ではなかったというわけか」

ひと月半前。越中と加賀をまたぐ北陸道の要衝《ようしょう》、倶利伽羅《くりから》峠で堺の貿易商蓬莱《ほうらい》屋の荷駄の列が何者かに襲われた。警護についていた腕自慢の侍たちのほか人夫全員が殺され、奥州から運ばれる途中の砂金四万両が行方知れずになっている。

「蓬莱屋といえば堺でも三本の指に入る貿易商だ。それにしてもでかいな」

「蓬莱屋も外聞をはばかって、表沙汰にするのは避けている。幕府御用受けの看板にも傷がつくしな」

「ふむ。で、その一件にお冴がかかわっていると？」

「これをみてくれ」

孫八はとりだした掌《てのひら》大の板切れを手渡した。板書き。この時代の盗賊が人捜しに使う似顔絵を描いた小さな四角い板である。

「……お冴だな」

「襲撃のあった九日後、京の悪党たちのあいだに出回った」

墨で描かれたお冴の顔が一休をみあげていた。

「この板書きを撒いた男は、女をみつけた者には相場の十倍の報酬をはずむと言ったらしい。山伏だったそうだ」

「山伏？」

「その四日後、こんどは今出川の相国寺《しょうこくじ》と上御霊社のあいだの土手道をお栄という女が山伏姿の男と歩いているのを、あのあたりをねぐらとする乞食が目撃している」

「お栄……？」

「いつかおまえに話した立ちんぼの名だよ。お栄はその三日後の朝、鴨川の河原で死骸となって発見された。乞食の話では、そのとき二人は、よくはわからなかったが、妾奉公がどうのという話をしていたそうだ。それから『ソウテツさん』という名を口にしていた」

「ソウテツ？　坊主の名かな」

「うむ。……それともう一つ。その六日前の夜に東山の役人の詰所の焼跡で、出入りがあった。山伏姿の男が女をかかえて逃走するのを近くの住人がみている。女はひどい怪我を負っていたようだ」

「で……人相は？」

孫八はかぶりをふった。

「暗くてわからなかったらしい。ただ、血だらけだったそうだ」

「そうか」

「山伏の顔もみえなかった。もう一人男がいたそうだ」

「お冴が石原村の根城で襲われたのは……」

「その四日後だ」

「お栄が今出川の土手道で目撃された二日前か。となると……」

　一休は言った。「どうもちぐはぐだな」

「おまえもそう思うかね？」

「いったい誰が誰を追っているのか？」

「うむ」

　孫八は考える表情でうなずいた。「たしかにこみいっている」

「仮に板書きを撒いた山伏と女をかかえて逃げた山伏が同一人物だったとして、いったい誰が敵同士で、誰が味方同士なんだ？」

「こういう場合、わたしの経験では」

　孫八は言った。「まったく異なった筋が絡んでいるとみるのが自然だ。あとは入れ替わりだな」

「入れ替わり？」

「敵と味方とがいつのまにか入れ替わっている。つまり……」

「裏切りか?」

孫八はくすんと鼻を鳴らした。

「どちらかもしれないし、あるいは両方かもしれない」

「厄介だな、それは」

一休はため息をついた。「筋が一つではない。敵と味方のかかわり自体も判然としない。いったいどこから手をつければよいのか」

「ほう、どうして?」

孫八は小首をかしげてみせた。楽しんでいる。

「なにか言いたげな顔つきだな」

「キモをつかんでおけばいい」

「キモを?」

「人は裏切るものだというキモをさ」

孫八は握りこぶしをぐいと突きだした。「するとキモが熱くなってくるときがある。じ・ん・じ・んとな。熱くてたまらなくなり、手を開くと、手がかりが目の前で湯気をたてている」

「なるほどな」

一休は笑った。「あんたらしい」

孫八は急に冷えた顔で手をおろした。

「なにか気にさわったことを言ったかな？」

「早死にをしたくないのなら」

　孫八は淡々とした表情を窓の外にむけた。

「うん」

「わかったような口をきく癖はやめた方がいい」

「そうだったな。おぼえておこう。ところで」

　一休は話題を変えた。孫八は昔から生悟りな物言いが大嫌いなのだ。七条の河原で荼毘の煙が立ち昇っている。「山城屋が三《み》月前に葬式をだしたそうだな」

　孫八は外へ顔をむけたままうなずいた。

「ふむ？」

「死んだ女房の名前はおよし。蓬莱屋のいまの当主弥兵衛の長女だ。面白い名前がでてきた」

「およしの葬式に前後して山城屋への出入りが目立ちはじめた者がいる」

「ほう」

「大道豪安」

「え、あの大道豪安か？」

「あの豪安殿だよ」

　孫八は顔をもどした。

大道豪安。

別名、唐狂《からぐる》いの豪安。

永享三年の京の都でこの医師《くすし》の名を知らぬ者はいない。医師としての立場を利用して足利将軍家に深く食いこんでいるとされ、大名や公家の暗殺や変死の騒ぎがあると必ずその名前が取りざたされる謎多き男。ひと睨みで庭の雀を落としたとか、気鬱の治療におとずれた天皇の女御《にょうご》に媚薬をふりかけて寝取ったとか異様な噂の絶えない怪人物だった。

「およしの最期を看取ったのも豪安だったらしい」

「良くも悪くも京の都随一の名医だ。家族もあきらめがつくだろう」

「まあな」

孫八はしばらく黙っていたあと言った。「豪安の屋敷は上御霊社の裏にある」

「上御霊社の？」

「うむ」

「そうか。だったな」

一休はふと思いついた表情で唇をなめた。

（あの辺ならば、いまから足を運べば、まだ明るいうちに……）

「いや、おまえは動かないでくれ」

孫八がさえぎるように手をあげた。

（なんだ、こいつ）とむっとした顔の一休に、

「物事には順番というものがある。良くも悪くも、一休、おまえは顔が売れすぎている」

「あんたほどじゃないと思うがね」

「ともかく上御霊社の方はこちらにまかせてほしい」

孫八は微笑しながら言った。「じつはそれとはべつにおまえに頼みたいことが一つある。おまえにしか出来ないことだ」

「俺にしか出来ないこと？」

三

目当ての寺はすぐにみつかった。

死者を迷うことなく冥途へ送る「送り鐘」で昔から知られる五条坊門小路の矢田寺《やたでら》の敷地の角を南へ下りた角、寺といっても庵に毛が生えたほどの建物が小さな商家にまじって門をかまえている。

四条大路の山城屋とは大声をだせば届きそうな近さだった。

あたりをみまわしたあと門の内に入ると、建物から灯が一条零《こぼ》れていた。

庵程度の大きさといっても、一休の破れ庵などとは異なり、足元の地面は竹箒《たけぼうき》の筋目を残して

きちんと掃き清められている。

雲の多い空の下、ぼんやりとした月明かりのなかで境内はしんと静まり返っていた。

かたり、と戸をあけて忍び入った。ひんやりとした空気にまじって白檀《びゃくだん》の香りが鼻をついた。

「キー・リー・ダイ・ハー・キー・ラー……」

一休は狭い土間で須弥壇《しゅみだん》の仏像にむかって読誦する男の背中に声をかけた。

「逆陀羅尼《さかさだらに》かね？」

次の瞬間、男は驚くべきすばやさで長い棒を構えて一休に向き直っていた。須弥壇の両脇の灯を背にしているので、頭から足の爪先まで真っ黒な人形《ひとがた》の姿になっている。

「おまえの読誦を聴くのは何年ぶりかな、日顕。相変わらず艶《つや》のある好い声をしている」

一休は人形から目を離さず、「明日は謙翁先生の月命日だったな」

「一休――」

「これで円忍のやつがいればな」

一休はゆっくりと右の方へ廻りこんだ。「昔の仲間がすべてそろってくれるわけだが」

相手の男の顔が浮かびあがった。その顔は左の頬が明かりを浴び、右の頬が闇に昏《かく》れているので、まるで真ん中から二つに断ち割られた仮面じみた印象を放っている。色白で、ちょっと見にも大変な美男とわかる。目元は涼しいが、ややけんがある。僧侶だった。

男は棒を構えるのをやめた。

一休がそばの唐椅子を指さすと、「坐ってくれ」と日顗は短く言った。

腰をおろして須弥壇を物珍しげに眺めだす一休に、

「わたしがここにいるということは誰に？」

「平次だよ」

「平次……？」

「西金寺《さいこんじ》で下働きをしていた。先日、ばったりと出会ってね」

「ふむ。そうか」

日顗は声を和らげてみせたが、なおも警戒の様子を解かず、「それで、今日は？　なにかね……？」

「女を探している」

「女？」

一休は孫八にあずかった板書きを懐からとりだした。日顗は一休から目を離さず元の竹牀《ちくしょう》に腰を落ち着けた。

「どうだ？　みおぼえはないかい？」

手渡された女の顔を眺めた日顗は、

「ないな」

表情を変えずに板書きを一休に返した。「どういう女なのだね？」

「あいにくそれは明かせないんだ」

一休は言った。「依頼人との約束でね」

「そうか……」

「なにか途方もない秘密を握っている女らしいのだがね。そこは俺にもわからない。詳しくは教えてくれないのさ。とにかく一刻も早く捜してくれの一点張りでね」

「……なるほど」

「ところで、飢渇祭の準備かい？」

一休は屈託なく須弥壇へ顎をしゃくった。日顕がはっと身を硬張らせるのがわかった。

「山城屋だそうだな？　白露《はくろ》の迎秋会《げいしゅうえ》に合わせておこなうのだろう？」

「……どうしてそれを？」

「いい金ヅルをつかんだものだな。うらやましいよ。貧乏暇なしの俺とは大違いだ」

須弥壇の上からダキニ天の像が猫の目をこちらにむけている。

一休は言った。

「吉兵衛さんはいまどうしている？」

「……」

「三月ほど前に女房殿の葬式をだしたそうじゃないか」

日顕の返事はない。

「ひょっとして、象牙《ぞうげ》？」

一休はダキニ天の像のまえに花と一緒に供えられたものをさした。

日顗は短くうなずいた。

「みせてくれるかい？」

一休は日顗の返事を待たずに両手でとりあげ、重さをたしかめるようにしながら、「当て推量で言ってみたが、やはりそうだったか」

この時代、象牙は明の皇帝が足利将軍に進物として贈る貴重品。加工された装飾品ではなく丸ごとの象牙を実際に目にするのは一休も初めてだった。

「大したものだ。牙がこれなら図体はどれほどでかいのかな。暹羅？　それとも天竺（インド）かい？」

日顗は無言で首を横にした。

「堺の市は南蛮物であふれかえっているらしいな」

一休はふと思い出した顔で、「そういえば、吉兵衛さんの女房殿の実家《さと》も堺の蓬莱屋だったな。主人の弥兵衛さんとは知り合いかい？」

「いや」

「そうか。それにしても悪い話は重なるというが、弥兵衛さんもとんだ災難だったな。幕府の御用を受けて南蛮との貿易にさらに力をいれようという矢先に」

一休は象牙を供物の置き場に返した。

日顕が首をこきこきと動かした。

「たしか豪安先生だったよな」

日顕の首の動きがやんだ。

「吉兵衛さんの女房殿の主治医は」

下唇を少し突きだして無言で一休をみている。

「一《ひと》なめ金千両の天下の名医だ」

豪安が患者の汗をなめただけですべての病名がわかると豪語しているのは有名な話だった。むろん金千両は誇張である。

「たいていのものは買える御仁も、女房殿の寿命だけは買えなかったわけだ。吉兵衛さんは診察の払いもやはり砂金かい？」

日顕の呼吸がやんだ。

「豪安先生の御屋敷はたしか相国寺の先、上御霊社の辺」

一休は言いさして、「ああ、それで思い出したが、いまからひと月半ほど前、俺の顔見知りの女があの辺でふっつり姿を消す事件が起きてね」

「……」

「ほら、相国寺の脇から上御霊社へぬける今出川の土手のあたり。歩いている姿をみられたのを最後にいなくなった」

日顕の手が一度置いた棒にそろり〳〵と伸びてゆく。一休は気づかない顔で、

「山伏に知り合いはいるかい？」

「……」

「いや、そのとき女の横に山伏がいたというものでね。俺の説法会によく顔をだしていた女なんだ。それだけの縁なのだが、妙に気になってね。もちろんなんのかかわりもない、おまえの知り合いの豪安先生とはな」

日顕がすばやく棒をつかむのと「さてと」一休がぱんと大きく膝を叩いて立ちあがるのがほぼ同時だった。日顕はビクリと手をとめた。

「棒はいまでも習練しているのかい？」

日顕は棒をつかんだまま凍りついたように動かない。

「言うだけ野暮な話だったたな、日顕」

「……」

一休は日顕をみつめた。

「勤行中を邪魔したな」

「……」

日顕からのんびりとダキニ天の顔へ目を移した。

「きたときから思ってたんだが、おまえの顔に似ているね」

「……」

「毎日拝んでいると似てくるのかもしれないな」

「……」

「また会おう。じゃあ」

やおら踵《きびす》を返した。土間を横切ったとき、入り口の脇の壁に掛けてある槍が目に入った。使いこんだ様子の太い柄にびっしりと墨で経文が書き連ねてある。そのまま入り口をでた。

門をぬけて、小路に立つ。全身の神経を背後に研ぎすましたが、境内の建物からは物音一つしなかった。ほっと大きく息をついた。そのとたん、さきほどまでは忘れていた白檀の香りがにわかに甘ったるく鼻にまとわりつきはじめた。

どこかで猫が鳴いている。

孫八の見立て通りだった。手応えはあった、ありすぎるほどに。

(孫八のあやつり人形になったような)

一休はふとそんな気分に襲われた。

「食えない爺ィさんだよ、まったく。キモをつかみすぎて火傷をしなけりゃいいが」

つぶやくと、蓬髪《ほうはつ》の頭を撫でた。小路を大通りにむかって足早に歩きだした。

# 四

「どうだった？　十七年ぶりの仲間との再会は」

「頭をいましがた剃刀《かみそり》を使ったように剃りあげていた。几帳面さは昔のままだったよ」

「なつかしかったかね？」

「まあね」

「好い時を過ごせたようだな」

「そうだな」

「で、昔のままじゃなかったのは？」

「うむ。悪い虫の影がちらついていたな」

「ともあれ、無事にもどれたのはなによりだった」

一休は肩をすくめた。

窓の外で蜆《しじみ》売りの声がしている。孫八と会えるのはいつもは午後ときまっていた。こんな朝早い刻限に呼ばれて孫八の家の敷居をまたぐのは初めてのことだ。よほど日顕に関心をそそられたらしい。

「嬉しいだろう？　見立てが当たって」

「当たっていたのかね？」

「当たりすぎるほどにな」

孫八は満足そうにうなずいた。

孫八が山城屋の飢渇祭にまつわる話を聞きこんだのは三日前のこと。主人の吉兵衛が主宰するもので、以前西金寺の住職謙翁に仕えた禅僧がかかわっているという。

孫八は一休から晩年の謙翁には弟子が三人しかいなかったことを耳にしていた。年恰好からそのうちの一人と見当をつけた。

「日顕だろう」

孫八からその話を聞いた一休はすぐに言った。

「もう一人円忍という弟子の男がいたが、読誦が群をぬいて上手いのは日顕だった」

「ふむ」

「飢渇祭は呪文の迫力がすべてだ。読誦がお粗末じゃ話にならない」

一休は顎をなでている孫八に、「で、なにをすればいいのだね?」

「まあ、そうせかすな。まず居所を割りださねばならない」

「そこからか」

「なに、名前がわかれば造作はないさ」

孫八の言った通りだった。日顕の居所はそれから二日と経たずに判明した。

「おまえが得意のカマをかけてほしい」

孫八は一休に言った。

「なぜ俺が得意だと言うのかわからないが」

「揺さぶるんだ」

「ふむ」

「なにもかもお見通しだという顔つきでな」

「俺の得意かな?」

「すると鯉が喰らいついてくる。疑心暗鬼におちいった鯉の群れがな。あとは」

孫八は静かに言った。「航跡をみればいい。敵の描く航跡をたどれば、やがてみえてくる。濁ってつかめなかった水中の様子がね」

(日顕は一匹目の鯉)

それが昨日の夕方だった。

日顕は板書きの似顔絵をみて知らないと言った。

(日顕は一匹目の鯉)

上御霊社
山伏。

砂金。

鯉はこの三つに激しく反応した。

一休は倶利伽羅峠の襲撃事件からお栄殺しにつながる線がおぼろげに浮かびあがるのを感じた。

それがどういう線なのかはわからない。

わかっているのは、その線は孫八のみえない目にすでにくっきりとした航跡の形をとって姿を現しているということだ。そう、おそらくは一休には耐えがたいほどの強い輝きを放ちながら、である。

## 五

「一休？　何者だね？　それは」

「昔西金寺で一緒でした、豪安様」

「棒をあやつるのかね？」

「刀でした。かなり使います」

「強請たかりを商売とする絵に描いたようなごろつき出家だよ」

山城屋吉兵衛が吐き捨てた。「大酒、悪行なんでもござれのなまぐさ坊主。あ、日頃、あんたのことを言ってるのじゃないよ」

豪安が爆笑した。

「噂は聞いている」

山伏姿の男がうなずいた。「四条から五条にかけての金貸しは軒並み痛い目にあっているらしい。謙翁の弟子だったそうだな？　日顗」

（結局、謙翁が師として偉大すぎたのだ）

不快げに盃をなめながら日顗は胸のなかで思った。

室町の中頃、京の禅宗はいわゆる詩文禅の全盛の季節をむかえていた。僧たちは坐禅の修行を忘れ、漢詩の腕の上達を競い合った。万事融通無礙であることが好まれ、清濁併せ呑んで酒脱さを誇示する風流僧が下克上の世に生きる庶民の喝采を浴びた。謙翁はこれらの僧を「売僧《まいす》」「外道」と呼んではばからず、その坐禅の道に賭ける気迫のゆるぎなさは弟子たちを圧倒した。畏怖させた。

謙翁は権門におもねらない孤高の師だった。

（まさに神そのものだった）

謙翁に尽くし抜いた三人、日顗、一休、円忍は師のなきあとに抜け殻のようになった。どう修行を重ね足掻いたところで師のようにはなれない。自身のアラばかりが目につく毎日に耐えられなくなった三人は遁れるように京を離れた。日顗は摂津、一休は近江、円忍は越前に。

（そして――）

破戒道が地獄の釜の蓋をあけたのだ。

西金寺はその後廃寺になった。

「あんたも色々とあったようだな」

無言のままの日顕を眺めていた豪安がうってかわってしんみりと、「人生は複雑だ。なあ？　お冴」

片脇にしどけなくもたれる半裸の女の耳をなめた。

盃を口元から離した女は虚空にむかって、

「ゲップ」

大きく一つ放った。

豪安は爆笑した。

「ゲップだよ、日顕。人生の複雑さはゲップだ。いやはや、おまえは掘り出し物の女だよ」

（狂犬どもめ）

日顕は無表情に胸のなかでつぶやいた。（地獄に堕ちろ）

「しかし、まずいことになりましたな」

山伏姿の男が深刻な目で豪安に言った。

「砂金の強奪の話かね？」

豪安が楽しそうに言った。

「ほんとうにその男は倶利伽羅峠の一件をつかんでいる様子だったのかね？　日顕」

吉兵衛が疑わしそうにたずねた。

「そういう口ぶりでした。蓬莱屋の南蛮貿易の話もしていましたし」

ヨーロッパの宣教師たちが登場する以前のこの頃、南蛮といえば暹羅、爪哇、安南（ベトナム）など東南アジア諸国のことである。

南蛮物は唐物に飽きた大名や公家に人気が高く、とりわけ「天竺渡り」と呼ばれる高級品はあつかう商人にとっても利幅が大きくうまみが多い。堺の貿易商のなかでも蓬莱屋は爪哇相手の商売に強いことで知られていた。

「だが、どこから洩れたのだろう？」

山伏姿の男が盃を片手に不審そうに、「襲撃のために雇い入れた野伏《のぶし》どもは一人残らず始末したはずだが」

「あなたのことも知っている様子でしたよ、二蔵さん」

日顕は山伏姿の男に言った。「お栄の知り合いだと話していた。説法会によく顔をだしていたそうです」

「今出川の土手で尾行《つけ》られている気配はなかったが……」

「まちがいなく宗哲だな」

豪安が考える目で言った。「宗哲が背後で糸を引いている」

「しかし、それにしては妙だな」

吉兵衛が口をはさんだ。「その一休という男は小弓の板書きをもっていたんだろう？」

「はい。なんだかひどくせかされている様子でした」

「変じゃないか。もし依頼人が宗哲だというなら、なぜ小弓を捜す必要があるんだ？」

「ふむ。たしかに」

二蔵が首をひねった。

「途方もない秘密を握っている女だと言ったのだろう？」

「ええ。依頼人はだから捜していると一休は話していましたが……」

「つじつまがあわないじゃないか。だって宗哲と小弓は初めからグルだろう。二人で今回の筋書きをつくり、一蔵も加わって……」

「面白くなってきたな」

豪安がくすくすと笑って言った。

「面白い？」

「そうさ、吉兵衛」

豪安は余裕の目つきで、「人生は矛盾だ。矛盾は楽しい。こうなればやることは一つだ」

「ほう？　それは」

「その前に」

手で制した豪安は真顔で、「お冴？」

お冴はとろんとした目つきで身を起こし、豪安の明服の裾をめくった。赤黒い一物をしごきだした。

豪安は爆笑した。

## 六

「じゃあ、小弓さんはお母さんの顔を？」

「知らないの。お父さんの顔もね」

「そうだったんですか」

お蔦はため息をついて、小刀で竹を削る手をとめた。「苦労なさったのですねえ」

（そういう事情があったのなら）

お蔦は囲炉裏のそばで守り刀を撫でる小弓をみて思った。（一蔵さんを頼るのも無理はない）

十六年前の秋、十一月の寒い朝。

堀川にかかる小橋のたもとに捨てられていた小弓は通りかかった一蔵と二蔵の兄弟に拾われた。くるまれていた小袖に「小弓」と紅い糸で縫いこんであった。兄弟は赤ん坊の名前を知った。

二人は上御霊社の豪安の屋敷に親の代から仕えていた。兄の一蔵はおとなしく、万事控え目な性格だった。弟の二蔵は押しの強い仕切り屋で、主導権をにぎっていた。兄弟はどちらもやさしく、小弓は仕合わせだった。

（あの晩までは）

十歳になったその夜更け。小弓は一蔵と二蔵に呼ばれた。「おまえは今日から豪安先生のお館で暮らす」

二蔵が言った。一蔵はなぜかそっぽをむいていた。

一刻後。小弓は伽羅《きゃら》の香りがする部屋にいた。ふかふかの寝具の上で脂肪の塊にもてあそばれていた。

（あれがあたしの独り立ちの日だった）

「ひどい悪党もいるものですねえ」

「そう？　でも、わたしはお蔦さんと違ってひもじい思いは一度もしたことがないから」

（あれから六年）

小弓は一人前の女間諜になっていた、上御霊社の主、太眉の怪人にたっぷり仕込まれた性技を武器に。豪安や仲間の山城屋吉兵衛の指し図を受けて「カネにつながりそうな」情報を標的から盗み取ってくる。それが小弓という少女にあたえられた仕事のすべてだった。いまから半年前、色惚けの蓬莱屋弥兵衛の閨で小さな乳をおもちゃにされながら奥州から砂金を運ばせる経路と日時を聞き出したのも小弓だった。

（きっと小弓さんには人には言えない秘密があるにちがいない）

お蔦は思った。（だから、その豪安という悪党の屋敷を逃げだしたのだ。きっとなにか深いいきさつがあって）

二日前、お蔦は小弓の髪を梳《す》いてやりながら、なにげなくたずねた。

「ソウテツさんって、どういう人です？」

しばらく間があった。

「……どうして？」

「一蔵さんが仲間の方と話していらしたから」

「そう」

それ以上の返事はない。お蔦はけげんな思いで小弓の顔をのぞきこんで、ぎょっとした。そこにはいままで目にしたこともない恐く険しい小弓の表情があった。

それ以来、お蔦は小弓の昔にまつわることについては二度と口にだすまいと心にきめた。あの得体の知れない地下牢やそこで目にした女についても。秘密は小弓にかぎらず誰にだってある、そう、あたしにも……。

（わたしはお蔦さんが思うようなウブな女じゃない）

小弓はお蔦が鍋用の竹篦《たけべら》をせっせと削る音を聞きながら心のなかの冷たい部分で思った。（可哀想な女でもない。いくらでも堕ちることのできる女なのだ、大声で笑いながら！）

（あたしより年も下だというのに、よほど苦労している）

竹篦を削りながらお蔦は考えた。（あたしの人生はひどいものだった。それでも父さんと母さんの顔は知っている）

（お蔦さんはわたしの正体を知らない）

（小弓さんはあたしの命の恩人だ。尽くさねば）

（一蔵さんがもどるまでの辛抱だ）

（ああ、あの一蔵さえもどってこなければ！　あたしは小弓さんを独り占めできる）

（わたしが頼れるのはお蔦さんしかいない。利用せねば）

（死ぬまでずっと）

（少なくとも、いましばらくは）

「さてと。……ちょっと裏へ行って薪《たきぎ》を拾ってきますね」

お蔦は膝の竹の屑を払うと立ちあがった。「さっきから冷たい風が吹いて、どうやら一雨きそうな雲行きです」

お蔦はでていった。

# 七

（それにしても一蔵さんはなぜ守り刀など置いていったのだろう？）

小弓は懐の守り刀の鞘《さや》をさすった。まるで愛しい人のなにかを撫でるように。

（ひょっとして悪い予感でもはたらいたのだろうか？）

小弓は守り刀をぎゅっと握りしめた。（二度ともどれないという虫の知らせが。ああ、あのときわたしが疲労困憊して寝こんでさえいなければ！　絶対に都にはもどらせなかったのに）

森のどこかで法螺貝《ほらがい》を吹く音がした。

そのとき、戸口でじゃりという小さな音がした。

小弓ははっと身構えた。

かすかな息づかいの気配が伝わった。

「誰なの？」

小弓の声に震えがこもった。

（あのいまいましい響き！）

お蔦は舌打ちするとナタで小枝を叩き切った。

法螺貝の音は頂きにある愛宕権現《あたごごんげん》の方角から響いていた。

裏山の斜面。気がつくと小弓が待つ小屋の屋根は霧の渦に呑みこまれていた。

お蔦は白一色の世界にいた。

お蔦は昔から法螺貝の音が苦手だった、それを吹き鳴らす山伏はもっと。小弓を助けたあのときも、最初は夢中で気にとまらなかったが、一夜明けて一蔵の山伏姿をみたときはゾッとしたものだ。一蔵は背中に大きな法螺貝をくくりつけていた。

（法螺貝が悪い夢をまた呼び醒ましたような）

思ったとたん、ぞくりとした。ほんとうにそんなことが起きてしまいそうな気がしたのだ。

（そう、あたしの禍《わざわい》は、十年前のあの日、山伏が家に姿をみせたときからはじまった）

お蔦は額の汗をぬぐった。

（あの都に流行病があった年――）

お蔦の小屋に都からきた一人の山伏が泊まった。明神谷から愛宕権現にかけての一帯は山伏たちの修行場で、山のなかに一軒だけあるお蔦の家は一夜の宿を所望されることが珍しくなかった。お蔦の両親はそのつど快く求めに応じた。

翌日、山伏は立ち去った。そういえば、あれも霧の朝だった。お蔦は錫杖を手に霧の向こうへゆっくりと溶けこんでゆく山伏の後ろ姿をよくおぼえている。両親が病に斃れたのはその少しあとのことだった。

（病は鬼が運んでくるという）

幼いお蔦は思った。（鬼があの山伏に憑《と》りついていたのだ。あやつり人形にしてしまったのだ。そしてこんどは父さんと母さんに憑りついてしまったのだ）

法螺貝の音はつづいている。

（……父さんと母さんが死んだ朝）

十一歳のお蔦は狂ったように笑った。いや、あのときお蔦はほんとうに狂っていたのかもしれない。

朝起きたら二人仲良く並んで死骸《むくろ》になっていた。

それだけのことがたまらなくおかしかったのだ。

（鬼があたしを笑わせていた。山伏をあやつり、家来にしていた鬼が）

お蔦はくすくすと笑った。あたしはほんとうに狂ってしまった。だから平気でいられたのだ。

都に売られ見も知らぬ男たちにもてあそばれても平気でいられたのだ。

（お栄さんもいつか言っていた。お蔦ちゃんにはどこか人間じゃないところがある。人形のような笑い方をするときがあると）

お蔦は白い歯をみせた。（鬼があたしの身と心をばらばらに離してくれたにちがいない）

筵の上で男に抱かれるとき、お蔦は気がつくとふわふわと虚空に浮いて自分をみおろしていることがあった。ほんとうに二つになるのだ。下からみあげているお蔦は人形ですらなかった。まるで空っぽの死骸のようだった。（鬼が男たちから守ってくれたのだ、きっとあたしを二つに分けることで）

お蔦は薪を束ねおえると背に負い、ゆっくりと斜面を下りはじめた。

（それでも、やっぱり山伏は好きになれない。むろんあたしが小弓さんと暮らすきっかけをつくってくれたのは一蔵だ。でも、小弓さんの世話をする仕合わせを一度味わわせたあとわざわざ奪うとすれば、それはよほどひどい仕打ちではなかろうか。なにより困るのは小弓さんがそれを望んでいることだ）

お蔦はいらいらと獣道の草を払った。
(山伏は不幸の鬼を運んでくる)
舌を犬歯でしごいた。(なんとかしなければ。なんとか)
そのとき、小屋の方角で人の声がした。

# 八

「誰なの?」

返事はない。

小さくつづいていた息づかいがとまるのがわかった。

汗の匂いが小弓の鼻を生暖くついた。

「あんた……」

男の低い声が言った。

こんどは小弓の息がとまる番だった。

「あんた……お蔦ちゃんかい?」

男の声が探るように言った。

小弓は夢中でかぶりをふった。

「そうか……あんた、目を悪くしているんだな？」

小弓は息を殺している。

「大人になったのだね？」

「……」

「考えてみれば」

男の声が言った。「あたりまえだ。もう十年以上も経ったのだから」

草鞋《わらじ》が土間を踏む音がした。

「近づかないで」

小弓は守り刀を鞘から抜き払った。

「うん？……いったい、どうしたんだい？　そんなものをもちだして」

「寄らないで」

小弓は叫んだ。

守り刀を奪おうと身構えたのか、男が息を吸いこむ気配がした。

「誰だい？」

小屋の入り口で聞こえた声に山伏姿の男はふりむいた。

「あっ。あんたはお蔦ちゃん――？」

腰のナタを引き抜いて立つお蔦は男から目を離さず、

「そこでなにをしている」

土間へ上がるとすばやく奥へ廻りこんだ。

「おぼえていないのかい？　わしの顔を」

初老の山伏姿の男は人なつっこそうな顔で、「ほら、あんたが子供の頃、よくここに宿を借りさせてもらったじゃないか。愛宕権現様に上がるたびに。最後に泊まったのは十一年も前だ」

男は言った。

お蔦は小弓の肩に手をかけると、自分の背の後ろに引っ張りこんだ。両手で突き出すようにナタを構えた。

「つぎの年きたときには、皆いなくなっていた」

お蔦はふいに思い出した。小さい時分、毎年のようにやってきては、一晩、諸国の珍しい噺《はなし》を話して聞かせる子供好きの山伏がいたことを。

「あんたはわしの膝をゆすって噺をせがんだものだ」

（そうだ、そうだった）

小弓の吐く息がうなじにかかるのを感じた。

山伏はしゃべりつづけている。なつかしさのとりこになったらしく唾を飛ばし酔い痴れるように。

（ああ、早くでて行っておくれ）

お蔦は思った。（山伏はやっぱり嫌いだ）

## 九

愛宕山が深い霧に包まれていたこの日。

一休は西金寺の境内にいた。

少し離れた先に潰れたかつての本堂がみえた。

無人になったあと近くの百姓が薪がわりに壁板を剥ぎ取っているうちに崩れて瓦礫の山になってしまったのだ。

雨漏りで一休たちを悩ませた粗末な庫裏《くり》は礎石しか残っていなかった。

狭い境内に夏草が生い茂っている。

一休は目にとまった井戸にぶらぶらと近づいた。西山の峰のひとつ小塩山の谷あいにあるこの廃墟に街の喧騒は伝わってこない。

方形の井筒《いづつ》の縁には頑丈な木の井桁《いげた》が嵌められていたはずだが、腐ってしまったらしい、縁の石組みがわずかな凹凸をつくりながら剥き出しになっていた。なかをのぞきこむと水の匂いが立ち昇り、四角い空間を囲んで底まで伸びている石組みがみえた。水は深い闇に閉ざされている。

ふと過去をのぞきこんでいるような眩暈《めまい》をおぼえた。

（そういえば）

日顕はこの井戸端でよく体を拭いていた。

（まるで女性《にょしょう》のように）

一休はくすくすと笑ってあたりをみまわした。こまめに体の手入れを怠らない男だった。

あるとき井戸端で体を清めている日顕をみて、

「尼さんにしてもよいくらいきめの細かい肌をしているなあ」

感嘆した一休にかれは女のようにしなをつくって笑ったものだった。

一休がここへくるのは十七年ぶりだった。近江の堅田であらためて修行僧になり、その後京へもどったあとも近づかなかった。近づきたくても怖くて近づけなかったのだ。

（俺の破戒道を知れば、謙翁先生はどんな顔をするだろう）

西金寺はもういい。忘れよう。こうして一休のなかで西金寺はないものになった、修行仲間だった日顕や円忍ともどもにである。

一休は本堂の跡へ目を返した。孫八が日顕を、日顕が西金寺や謙翁先生をひさしぶりに思い出させてくれた。

謙翁は世渡り下手な師だった。

赤貧洗うがごとき禅寺にも盗賊団が狙う金目の品がなかったわけではない。仏像や法具たちだ。

三人が武術を身につけたのは盗賊団の野伏たちを撃退するためだった。

謙翁は好い顔をしなかったが、

「護法のためです。決して血は流しませんから」

と日顕が言葉巧みに師を説き伏せてくれたのだ。

初めは三人とも棒術を身につけるつもりだったが、一人は刀がいた方がよいということで、籤《くじ》を引いた結果、一休が引き受けることになった。

三人は朝夕の勤行や法要の合間を盗んでは稽古着に着替え、近くの林の空き地で習練にはげんだ。木刀をふるう一休はいつも野伏の役を割り当てられた。

三人とも師をもたない自己流である。それだけにふた月後、押し入ってきた盗賊一味を撃退したときの快感は大きかった。なにしろたった三人で十人の相手を打ち負かしたのだ。

逃げてゆく敵の背中をみおくった日顕が、

「血は流さなかったよな」

棒を手にふりむき、

「ああ。頭のこぶはごまんとつくったかもしれんがね」

円忍が笑ったときの二人の表情を一休はいまでもよくおぼえている。三人はまだ十代だった。

三人のなかで一番腕が立ったのは最も細身の日顕だった。

（まるで蝶が舞うような）

とみるたびに一休が思ったしなやかさは、十七年後のいまもまったく変わらないようにみえた。いや、さらに磨きがかかっていた。そう、暗い妖気を放ちながら。

（日顕はいまでも守っているだろうか、血を流さないという約束を）

答えは明らかなように思えた。

それでも一休は日顕を憎む気にはなれない。日顕が変わったのなら、一休も変わった。あの頃、一休は女を知らなかった。

（それがどうだろう）

一休は自分でももてあますほどの女好きになった。

（とても日顕を）

責める気にはなれないのである。

日顕は声も姿も好かったので、女性の信者にもてた。後家さんが主宰する法要で指名されるのはいつも日顕だったが、本人は女性への興味は薄かった。

三人は謙翁と一緒に毎日のように陀羅尼を読誦した。

日顕の読誦の上手さは天性のもので、その声には聴く者すべてを陶酔に誘う麻薬的な響きがあった。一休の読誦はどこか理が勝つところがあり、円忍の読誦のあまりの下手さに救われていた。ところが、師の謙翁が最も買っていたのはごつごつと不器用な円忍の読誦で、日顕を悔しがらせた。

三人とももの感じ方も気質もばらばらだったが、たがいにうまが合った。なによりも謙翁に仕えているという誇りが三人を結びつけていた。

この前の晩、五条坊門小路の小寺で日顕のあの癖、緊張をほぐすために首をこきこき動かす癖をみたときは、一瞬、十七年の時間が蒸発するような錯覚をおぼえたほどだった。

夏草のあいだを黄色い蝶が飛んでいる。

孫八は、日顕と会った翌日、こちらから連絡するまで自分に近づくなと一休に言った。

（人は裏切るもの、か……）

一休は息を吸うと敷地の裏手の崖をみあげた。

崖の上には三人がよく座禅を組んだ岩屋があった。壁にむかってばらばらに坐り、瞑想にふけるのだ。

泊《とま》の岩屋という数人も入れば一杯になる奥行きのない岩窟で、奇妙な名は「とまり」が訛《なま》ったものらしい。入り口からは東山の麓へとつづく京の家並みがみわたせた。

岩屋までは草の蔓《つる》をつかんで崖をよじ登るしかないのだ。

泊の岩屋はかなり高い位置にあるうえ、途中に灌木《かんぼく》の繁みが突き出しているので、入り口はみえなかった。

一休はなにげなく首をこきこき動かすと、風が伝える林のざわめきに耳をすました。

なにも起こらなかった。蝶の姿はいつのまにかなかった。

# 十

眼下に京の家並みがひろがっていた。

遠くに東山の連山がみえる。

その向こうは近江の空だった。

（かつて一休が行っていた国だ……琵琶湖というのはそんなにきれいな湖なのだろうか？）

そのとき、一休が土蜘蛛《つちぐも》となって崖の急斜面を這いあがってきた。すさまじい勢いだ。ついいままで西金寺の跡地にいたのに、長い脚をこれでもかと伸ばし、あっという間に岩屋の入り口までくるとなかをのぞきこんでいる。

一休の顔をした巨大な人面蜘蛛はしきりに頭を動かしながら、ぎょろつく目玉でみおろしている。

口の端からねばつく液体が幾筋も垂れ落ちたと思うと、口をかあっと開くのがわかった。気味の悪い真っ赤なのどの奥をみせつけている。

口先をすぼめると、びゅっと日顕の面に吐きかけた。

「うわっ」

日顕は思わず叫んではね起きた。

夜の蒼空がひろがっていた。

晩夏の半月が京の屋根の連なりを冴え冴えと照らしだしている。真夜中の冷気が流れこんだ。

日顕は肩で息をするのをやめ、手の甲で頬をぬぐった。ひどく濡れている。

「ひさしぶりだな、日顕」

ふりむくと、岩屋の壁を背に薄笑いを浮かべる顔があった。

「宗哲……」

「悪い夢でもみたのかね？」

宗哲は歯茎も露わに面白そうに笑うと、竹筒の水を一口呑んだ。

「昔からよく夢をみる男だったな。なんだか魘《うな》されている様子だったので、いま、水を吹きかけてやった」

竹筒に栓を押しこむと、

「昨日は謙翁先生の月命日だったたな」

宗哲は頑丈な顎を崖下の方へしゃくった。「境内に結界を張ったのかい？」

「いや……それは年に一度、祥月命日のときだけだ」

「そうか。立派なものだ。俺なんぞは西金寺のことなど思い出すのも嫌やで、これまでのぞく気にもなれなかったがね」

「……」

「しかし、ここは変わっていないな。俺が円忍と名乗っていた頃のままだ」

なつかしそうに狭い岩屋の天井や奥をみまわした。「人は変わるが、天地は変わらない」

実際には泊の岩屋は江戸時代にこの一帯を襲った大雨による山崩れで埋まってしまうのだが、二人に知るよしはない。

宗哲はふと気づいたように日顕をみると、くんくんと犬のように襟元の匂いを嗅いだ。

「好い匂いだ。白檀《びゃくだん》だな、おまえが昔から好きだった」

「いったい、なにがあったんだ？」

日顕が後ろに身をそらしたまま上目づかいに押し殺した声をだした。

「それは変わるさ。おまえだって変わっただろう？　十七年だぜ」

「そんな話をしているのじゃない」

日顕はさえぎった。「なぜ豪安を裏切った」

「豪安様と言わなくていいのかね？」

宗哲はニヤリと笑った。

「答えろ」

「必要があるのかな。答えならおまえ自身がとっくに知っているはずじゃないか、え？　日顕さんよう」

日顕は唇を噛んでいる。

「反吐《へど》がでそうになったんだよ」

豪安は物憂そうに、「つくづく嫌や気がさしたんだ、あの化け物にいつ一服盛られるかとびくびくしながら暮らすことにな。およしの例をみただろう？」

「……」

宗哲は外へ目を投げた。碁盤の目の街を覆う暗闇のところどころで篝火《かがりび》が焚かれていた。上御霊社のあたりは黒々とした大きなかたまりに隠れて、見分けがつかない。

「魑魅魍魎《ちみもうりょう》どもの棲家《すみか》だよな、京という都は」

「俺たちも魑魅魍魎の一人だ」

宗哲は毛の生えた指の背で日顕の頬を撫でた。「人間様の生き血を吸うな」

宗哲の指が日顕の首筋に移った。

「吉兵衛も化け物の一人だ。自分が豪安にもちかけた蓬莱屋の砂金の強奪のたくらみを女房のおよしに勘づかれたとみるや、さっさと毒殺してしまった。虫けらのようにな」

宗哲は日顕の胸もとへ手をすべりこませ、薄い胸乳をつかんだ。

「やめろ」

ふり払おうとした日顕の手首をつかみ、

「なあ、日顕。またおまえの菊座で楽しませてくれないか？　なだめてくれよ。消してくれよ、俺の煩悩の火を」

日顕はハアハアと息をし、おびえた目でみかえしている。

「ふん」

ニヤニヤと歯を剥いた宗哲は日顥の手を離した。

「罪な体をしている。おまえこそ化け物だ。もっとも、その化け物を犯す俺はもっと化け物かもしれんがね。さあ、日顥。昔のようになぶってくれよ。冷ましてくれよ、俺の火照りを、おまえの菩薩の法力で」

笑うや日顥の法衣を剥ぎ取った。

日顥の抵抗は弱かった。

十一

闇のなかでしばらくうめき声がつづいた。

夢寐《むび》のうわ言の合間に、

「一休」

という日顥の言葉がまじった。

のしかかっていた方の影の動きがとまった。

二つの呼吸音が探り合うようにつづいた。

が、一つがやむともう一つの方も静かになった。

宗哲がゆっくりと体を起こした。あぐらをかき、てのひらで無表情に胸を撫で回しながら外をみつめている。

なにを思い出したのか、

「ふふん」

と裸の肩をゆすって言った。「一休はいま頃なにをしているかな。下京あたりでだいぶ暴れ回っているという噂だが。三年ほど前に西洞院大路《にしのとういんおおじ》でそれらしい男をみかけたが、結局、声をかけられなかった」

「……」

「それにしても驚いたよ。去年の秋、豪安のお伴ででかけた山城屋の飢渇祭におまえが現れたときにはな。俺が越前、おまえが摂津に行って以来、たがいに音信は絶えていたからな」

「なぜ俺がここにいるとわかった？」

日顕は天井をみあげたまま言った。

宗哲は笑った。

「このふた月近く、二蔵たちの追手をまきながら京の裏長屋を転々としていたんだがね。昨日になって、そういえば謙翁先生の月命日だと気づいて、日が落ちてからおまえの寺をのぞいてみた。ところが、おまえがいなかったので、ピンときたわけさ、西金寺の跡へ行ったんだとね」

「俺に会ってどうする？　抱くためにきたのじゃあるまい」

「そうだと言いたいのはやまやまだが、あいにくとちがう」

宗哲は頬を掻いて言った。「小弓を捜している」

「小弓だと……？」

「そうだ」

「おまえたち、一緒じゃなかったのか？」

「俺の前から失せやがったのさ。一蔵と二人、五箱の砂金ごとな」

宗哲はいまいましそうに吐き捨てた。「一蔵が死んでしまったいま、砂金の隠し場所を知るのは誰だ？　俺はなんとしても小弓をみつけださねばならねえ」

日顕は肘でゆっくりと身を起こした。

「一蔵と小弓は最初から俺をだしぬくつもりだった。あの二人はできていたんだ」

「いったい、なんの話だ？」

「だから相思相愛の仲だったと……」

「そんな話をしているんじゃない。なにがあったのかと訊いているんだ」

「ふた月前の晩、一蔵と二蔵の兄弟、俺とおまえと小弓の五人は、豪安の指示を受けて倶利伽羅峠で蓬莱屋の荷駄の列を襲った。黒党衆とともに警護の侍と人夫たちの命を奪い、首尾よく砂金四万両を奪うことに成功した」

「そんなことはわかっている」

「まあ、待て。その後、俺たちは二手に分かれた。おまえと二蔵は、手はず通り、雇い入れた野伏たちを山中で始末した、口封じのためにな。それから、おまえらは俺と一蔵と小弓の三人が砂金を運びこむことになっていた百姓家へ急いだ。だろう？」

「ところが百姓家に着いても、おまえたち三人の姿はなかった。なにが起きたのかすぐにわかったよ」

宗哲は面白そうに、

「吉兵衛のやつはなんと言ってたかね？」

「おまえが小弓をそそのかし、豪安と自分が手に入れた砂金を横取りする筋書きを練ったと」

「ばかばかしい。一蔵だよ、横取りの絵を描いたのは」

「一蔵だって？」

「ああ。砂金四万両に最初に目をつけ、豪安と吉兵衛の鼻先でかすめとる計画をたてたのは一蔵だ。一蔵は小弓を召しあげた豪安を恨んでいた。豪安の求めに易々と応じて小弓を差しだした二蔵のこともな。双生児《ふたご》の兄弟でも不仲になることはあるんだな。一蔵は二蔵を肚の底から憎んでいたよ」

「……」

「一蔵は俺が豪安のもとから逃げだしたいと思っている気持ちを察していたらしい。荷駄の襲撃の段取りが決まったあと、『手を組む気はないか。計画は出来ている』と言ってきた。俺としては渡りに船さ。実際、豪安からただおさらばしてもはじまらない。どこへ逃げたところで、カネがなければ首もないのと同じだからな。もっとも、一蔵と小弓がそういう仲だったと知ったときにはさすがに驚いたがね」

宗哲は鼻を鳴らし、「自業自得だよ、豪安の野郎は。あの男はじつに疑り深い。手下の忠誠心を試そうと無理難題を吹っかける。あの兄弟が小弓を可愛がっているのをみて、わざと献上するよう命じた。まあ、そのうちほんとうに小弓が大のお気に入りになったみたいだがね」

「いまは捕まえて一番八つ裂きにしたい女だよ」

「可愛さ余って憎さ百倍というやつかね？」

「豪安はおまえが一蔵と小弓に裏切られたと知ったら大笑いするだろう」

「他人を笑うのが大好きな男だからな」

宗哲は首にとまった蚊を叩きつぶした。「しかし、おたがいさまさ。やつにしろ、一蔵と小弓が自分を裏切り、せっかく手に入れた砂金をかっさらうなんて夢にも思っていなかっただろう。飼い犬に手を咬まれるとはこのことさ」

「しかし、あの二人はどうやっておまえを裏切ったんだ？」

「思い出したくもないがね。倶利伽羅峠の下に谷がひらけていただろう？」

「地獄谷か？」

「俺たちは百姓家に行く代わりに、砂金五箱を、隠しておいた馬に乗せ換えて谷の奥のお堂のなかに運んだんだ。一蔵が計画のためにそろえておいた子飼いの子分たち六人とな。あとは間道伝いに京にもってゆき、山分けという算段だったが、昼間はあぶなくて動けない。そのまま半日お堂で息をひそめていたのさ。翌日の日暮れ近くになって、出発前の腹ごしらえの際に小弓がどぶろくを皆についで回った。そのなかに……」

「眠り薬かね？」

宗哲は情けなさそうに唇をゆがめ、

「俺の分だけにな」

「ふふん」

「気がついたときには真夜中で、一蔵、小弓以下八人全員影も形もなかった。あらかじめ用意した秘密の隠し場所に砂金を運んだんだ。敵ながら天晴れ。豪安の仕込みがよかったのか、あるいは血なのか。大した小娘だよ」

「両方かもしれんぞ、宗哲。二蔵は小弓の板書きをばら撒いた。小弓は目に怪我をしている」

「えっ」

「七条の橋を東へ渡った先に焼跡があるのを知っているか？」

「地蔵堂の向かいのか？」

「うむ。倶利伽羅峠の一件の七日後、二蔵の指示でおまえら三人の立ち回り先をつぶしていた黒党衆が、一蔵と小弓が焼跡にいるのを発見した。子分たちに分け前を渡すところだったらしい。

斬り合いになり、黒党衆の数人が斃された。小弓が怪我を負ったのはこのときだ」

「それで小弓は？」

「一蔵と逃げた。子分の何人かが囮《おとり》になって黒党衆の注意を奪っている隙にね。子分頭の男も一緒だった」

「佐平だな。すると小弓の行方は？」

「いや、いまのところはまだ。黒党衆から知らせを受けた二蔵は、東海道へ出る粟田口《あわた》、南海道へ出る伏見口など京の外への出口を片端から押さえた。小弓は他国へは出ていない。洛中にもみあたらない」

「ということは……」

「近辺の山里に逃げこんでいる可能性が高い。匿《かくま》う者がいると二蔵はみている。一蔵を殺してしまったのはやつの失策だった。むろん、それだけ一蔵と子分たちの抵抗が激しかったからなんだが」

「そりゃあたりまえだろう。生け捕りにされたところで最後は嬲り殺しだ。そうとわかれば、誰だって死ぬ気で闘うほかあるまい」

「その通りだが、そんな理屈が豪安に通ると思うかね？　二蔵は必死だよ。小弓を捕まえなければ、こんどは自分の首があぶない。山城屋からは早く砂金を取り返せと矢の催促だ」

「同情するよ、二人の化け物に責めたてられて」

「おまえ、一蔵の亡骸を埋めたんだって？」

宗哲は驚いた表情になった。

「どうしてそれを？」

「お栄だよ」

「お栄だと？」

「一蔵が死んで四日過ぎた晩、一蔵と間違えて二蔵に声をかけてきたそうだ。翌日、上御霊社の屋敷におびきだし、死ぬまで拷問にかけたが、小弓の情報はなにもでてこなかった。代わりにおまえの名前がでてきた」

「それはとんだとばっちりだったな」

宗哲はだるそうに、「お栄は小弓のことなど名前すら知らんさ。六波羅蜜寺裏の長屋に潜んでいたとき隣の部屋にいた。それだけの間柄だ。口は悪いが気のいい女だった。そうか。死んだか。で……ほかにはなんと？」

「おまえが妙法院のそばの小橋で用を足していたと」

「あの女が？　それは違うな」

宗哲はおかしそうに笑って、「俺はあの晩、一蔵を追っていたんだ。二蔵の追手たちをまきながらあの裏長屋の近辺を捜し回っていた。そして一蔵と佐平がいるのを発見した。さすがの俺もあの手練《てだ》れ二人が相手ではうかつに手をだせない。様子をみようとあとを尾行ると妙法院の脇道の屋敷に入った」

「米問屋の別宅の屋敷だな」

「ふむ？」

「去年の秋に主が死んで空になっていた。二蔵は一蔵が屋敷を子分たちとの談合場所に使っていることをつかんで、黒党衆を張りこませていたんだ。焼跡で渡しそこねた分け前を必ず渡しにくるとふんでね」

「渡さねば、子分どもは必ず密告して元を取ろうとするだろう」

「一蔵は危険を承知で足を運ぶしかなかった。じゃあ、おまえは橋の下で屋敷を見張っていたんだな？」

「そうだ。すると屋敷内で斬り合いがはじまる物音がした。少しして顔見知りのお栄がやってきた。塀の上から人影が現れ、どさりと落ちるのがみえた。お栄が『一蔵さん！』と言うのが聞こえたので、俺は飛びだしたんだ」

「一蔵も瀕死の手傷を負ったが、待ちうけていた黒党衆の方も手傷で動けなくなり、深追いはできなかったらしい」

「佐平は？」

「屋敷のなかで殺されたよ。やつの仲間たちもな」

「そうか」

「お栄は、おまえが一蔵にしきりになにか聞きだそうとしていたと言っていた。砂金の隠し場所を吐かせようとしていたんだな?」

「ほかになにがあるというのだね?　だが、一蔵は頑として口を割ろうとしなかった」

「例の霊術は?　かけなかったのか?」

「かけようとはしたさ。ただ、意識が朦朧としている相手には、いかんせん術のかけようがない。一度だけ息を吹き返したので、かけようとしたら、やつはたちまち察知して呪文を唱えて自分を鼓舞し、俺の術を封じようとした。さすがに肝がすわっている。ただの山伏ではないと思っているうちにとうとう死んでしまった」

「おまえが『話はまだこれからだ』と言ったのは……」

「一蔵がだめなら小弓を捜せばいいという意味さ。お栄には極楽往生の話だと言ってごまかしたがね」

「おまえ、豪安に勝てると本気で思っているのか?」

「豪安のやつも相当泡を食っているのじゃないかね?　それとも、相変わらず手下に女をさらわせて楽しんでいるかね?」

「そのどちらでもないよ。豪安は最近お気に入りの女を手に入れた。小弓の代わりになる女をな」

「小弓の代わりになる女?」

「小弓と瓜二つなんだ」

　宗哲は怪訝な表情になった。

「話がのみこめないが」

「これはまったくの別件なんだ。じつは、倶利伽羅峠でおまえらが砂金を横取りし、二蔵が小弓の板書きをばら撒いた直後、山城屋に密告があった」

「密告？」

「石原村と上鳥羽の盗賊団が組んで金蔵を狙っているとな。密告してきたのは上鳥羽の盗賊団の首領だ。むろん目当ては報酬だ」

「ふむ」

「吉兵衛は『よりによってこんなときに』と苦り切っていたがね。ほうっておくわけにもゆかないので、豪安に頼んで黒党衆を少し回してもらうことにした」

「ほう、それで？」

「金蔵の襲撃の前夜、寄り合いに集まった席で計画通りまず上鳥羽の一味が石原村の盗賊団の面々を襲った。外で待機していた黒党衆も加勢に踏みこんだ。ところが、そこで黒党衆の一人が相手の女首領をみて『小弓じゃないか』と騒ぎだしたのだ。それで殺さずに連行することにした。結局別人だったが、たしかによく似ていた」

「そいつは災難だったたな」

「豪安はさっそく女を手籠《てご》めにしたんだが、なにもかもが小弓にそっくりだということで喜んでね。お冴という女だが、いまではすっかり豪安に飼いならされて、小弓の後釜におさまっている」

「なにを考えてるのかねえ、あの男は。あんなションベン臭い小娘のどこがよかったのやら。ま、蓼食《たでく》う虫も好き好きと昔から言うがね」

「そんな余裕をかましている場合か？　小弓を追っているのは豪安や吉兵衛だけじゃないぞ」

「ほかに誰がいるというんだ？」

「一休だよ」

「えっ」

「一休が小弓を捜し回っている。俺や豪安たちの周辺をさかんに嗅ぎ回っている」

「あの男がいったいなぜ？」

「こっちが聞きたいくらいだよ。二日前、俺の寺にいきなり現れて二蔵の撒いた小弓の板書きをみせ、『この女を知らないか？』と言ってきた」

日顕は真剣な目で唇をなめる宗哲に、「西金寺の下僕だった平次に俺の居場所を聞いたと言っていた。西金寺に平次という下僕はいなかった」

「それもやつの手かもしれんな」

「え？」

「おまえを疑心暗鬼にさせるための。で、それだけか？　やつが言っていたのは」

「山城屋について踏みこんだ話をしていた。およしが死んだこととか、来月の飢渇祭の話とか」

「そんな話まで？」

「それだけじゃない。倶利伽羅峠の襲撃事件についても知っている様子だった。おまえらのしっぽはつかんでいる、と明らかに匂わせてた。蓬萊屋の砂金の話をもちだしてな」

「ふうむ」

「依頼人がいると話していたな。日顕の報告を受けた豪安は一休の背後に大きな勢力がいるとみて、身辺を洗わせている。おまえが一休をあやつっていると考えているようだ」

「くだらねえ。どこまで勘違いすれば気がすむんだ、あの先生は。俺は西金寺をでて以来、一休とは一度も話していない。やつは俺が名を宗哲と変えたことすら知らないはずだ」

「ションベン臭い小娘にこけにされたこともな」

宗哲はむっと色をなす表情だったが、

「まあいい。豪安が一休をどう料理しようが、俺にとってはどうでもいい話だ。がんばればいい。一休が豪安を振り回してくれるというのなら、それはそれで悪い話ではないがな。ところで、おまえ、俺が豪安に勝つ目はないと言ったな」

ニヤリと笑った宗哲は、

「じつは勝てる方法を一つみつけたんだ。日顕、おまえ俺に協力しろ」

「協力だと？」

宗哲は日顕の顎をぐいとつかんだ。ふり払おうとした日顕の手をすかさず押さえこんだ。「今夜からここが俺のねぐらだ。おまえ、俺の女になれ」

日顕はハアハアと息をしながら首を横にふった。

「豪安の動きについて、つかんだ情報を俺にもってくるんだ」

「こ、断るっ」

「いいや、おまえは断れんさ」

激しく顎をゆさぶった宗哲は、

「俺とおまえの仲じゃないか。ほうら、月をみろ。みるんだ」

日顕の顔を夜空にむけて、

「月のまわりに」

耳元でささやいた。「雲がみえるな？」

「み、みえないっ」

「いいや、みえるんだ！」

宗哲は力まかせに日顕の顎をゆさぶった。雲は一つもない。「あるんだよ、雲は！」

顎をあげたまま目を瞠っていた日顕は、

「……あ、る」

小さくうなずいた。

「そう、あるんだよ、雲は。そして雲は月に照らされる」

日顕の面になめあげるように鼻を近づけた宗哲は猫撫で声で、「それがきまりなんだよ、昔もいまも、これからも、ずうっと。月が俺だよ。雲はおまえだ、日顕。わかるか？」

日顕は荒い息だ。

「俺が照らし、おまえが照らされる。小弓はいつか豪安の投げた膨大な網に引っかかる」

宗哲は日顕の耳元に息を吐きかけると、ささやいた。「わかるな？　日顕よ」

日顕はとろんとした目で宗哲をみている。

「そこをだしぬく。奪い取るんだ。豪安の手から、俺たち二人が力を合わせて。いいな？」

日顕はヒックとしゃっくりをした。

## 十二

松明《たいまつ》の火が深夜の風に大きく揺らいだ。

「おっと」

髪にかかった火を避けて一休は松明を体から離した。

一休はこの日、墓場にいた。

法衣の裾を尻までからげ、頬被りをしている。

風が嫌やな匂いを運んだ。

〽何事もみな偽りの世なりける
　死ぬるといふも実《まこと》ならねば

いつか謙翁が即興で口ずさんだ戯《ざ》れ歌だった。

『般若心経』に曰く、不生《ふしょう》不滅、諸法空相……生も死もない。一切は空《くう》だから。霊魂もまた空。

それなのに、

（なぜ墓場が怖いのだろう？）

この世が空ならあの世も空。空とは実体がないということ。すべては虚仮《こけ》。

禅はこうして浄土仏教と異なり、霊魂の不滅を説かない。

これも謙翁の戯れ歌に、

〽焼き棄てて灰になりなば何物か
　残りて苦をば受けんとぞ思ふ

死んで灰になればいったいなにが残って責め苦を受けるというのか。死後の霊魂やその住み処《か》のあの世があるのかないのか誰にもわからない。そんなあやふやなことにとらわれてどうする。だから現世を力一杯生き切れ、とそうわが師謙翁は言うのである。

霊に怯えるなど惰弱の極み、禅僧にあるまじき気の迷いのはずだったのだが……。

かかげ直した松明の先にぼうっと白いものが浮かびあがった。

（人影――？）

立ちどまり、目をこらす。立木の肌が白っぽく光を受けている。

ほっと肩の力をぬいて、四方へ松明を回してみると、髑髏たちの姿がみえなくなっているので鳥戸野《とりべの》にきたとわかった。

鳥戸野

そして同じ読みながら、

鳥辺野

まぎらわしいのである。

いま一休が紛れこんでいる阿弥陀ケ峰の山麓が京の都有数の墓場であることは第一章でみた通りである。

釈迦の時代、墓場は神聖な修行地だった。仏教では死体の野棄て場を寒林《かんりん》という。足を踏み入れただけでゾッと寒気をおぼえるという意味だが、釈迦はここを瞑想修行の場所に選んだ。

いわゆる「不浄観」と呼ばれる修行がそれだ。朝から晩まで、ハゲタカやジャッカルに食い散らかされて白骨になってゆく死体を前に瞑想にはげむ。すると人間という生き物の無常が嫌でも実感として迫ってくる。

とりわけ無常感をさそうのがかつて美人だった女性の死体で、古い経典には、その悲惨な有様を引き合いに「これこそ人間のありのままの姿だ。徹底的に観察せよ。そして無常を悟れ」と弟子たちを叱咤する釈迦の姿が描かれている。

「不浄観」は釈迦の教団の売り物の一つだった。もっとも、そのおかげで、かれと弟子たちは同時代のインドの人々から「死体愛好者」というありがたくないあだ名をつけられてしまうのだが。

風が強くなった。

一休がいま立つのは、北を清水寺、南を阿弥陀ケ峰にはさまれた窪地だが、このうち北半分は庶民の、南半分は貴人の墓所にあてられていた。

和歌にも名高い鳥部野だったが、これは総称で、北の方を鳥辺野、南の方を鳥戸野と分けて表すことがある。

庶民の墓場が死体の野棄て場であることもすでにのべた。「鳥」の名は木の枝にぶらさげた死体に群がる鳥からきていたが、当然、足元はばらばらになった骸骨だらけになる。

それだけではない。棄てられた直後の死体もまじるので、臭気が半端でない。昼間は、ギャア〳〵と鳥たちの鳴き声がやかましい。日が落ち、かれらがねぐらに帰ると、餌をはさんで睨み合い、ときに取っ組み合う狼たちの吠え声が、木立のあいだに響いた。

一休は頬被りの結び目を括り直した。頬被りは枝から落ちてくる死体から頭を守るためのもので、鳥辺野で遺体をあつかう乞食たちは皆、これをかぶって鍬《くわ》をかついでいる。

一休はこの日清水寺の側から入ったのだが、鳥辺野をぬけるあいだ、何度狼を追い払ったか知れない。松明の火があるので大半は歯を剥いて唸るだけだったが、なかには突っかかってくるものもいる。物を投げつけようと木の枝を拾ったつもりが大腿骨《だいたいこつ》だということもあった。地獄なのである。

が、そんな騒ぎも鳥辺野をでると嘘のようにおさまり、聞こえてくるのは風の音だけになった。獣たちの息づかいは去り、死者への敬意があった。

意外に思われるかもしれないが、仏教の開祖である釈迦は、「あの世」の有無については一切の言及をひかえるのをつねとした。

あるとき、死者の霊魂の行方について問うた弟子に対して、「あの世があるかないか、誰にも語ることはできない。語ろうにもそれを知る手段がないからだ」と答えたという逸話が古い経典に残っている。

禅宗の僧侶のあいだでは自らの立場をこの釈迦の態度に近いと誇るむきが少なくない。あるいはそうかもしれない。

日本仏教には室町時代このかた禅と浄土仏教という大きな二本の柱がある。

　およそはかなきものは、
　この世の始中終《しちゅうじゅう》……
　朝《あした》には紅顔《こうがん》ありて夕べには白骨となれる身なり。

　始中終とは人生のこと、浄土真宗の蓮如上人の有名な白骨の御文《おふみ》の言葉である。

　浄土仏教は中国で発展し、平安時代を通じて日本の人々のあいだに広く根づいた。その浸透の具合いは仏教とはあの世の教えだというのがいまもって日本人の常識であることがよく示している。

　浄土真宗はこの時代、念仏宗とも呼ばれた。

　同じ釈迦の「無常」の教えを分かち合うとはいえ、極楽浄土を説く点で、禅とは立場をたがえている。

　だが、死者への心からの弔いには禅宗よりもいっそ、

（念仏宗がふさわしいのでは）

　一休にはそんな気がしないでもない。

　実際、死後の裁きがあってこそ、人は、

（死後の安穏を本気で祈れるのではないか）

また人影が浮かびあがった。

こんどはいくつも並んだ人影だった。

五輪塔の群れだった。梵字を記した五つの石を積んだ墓である。梵字とはインド古代の文字のことだ。以前、朝鮮からきた僧に聞いた話では、朝鮮や中国にも類似のものがない日本独特の墓らしい。

この時代の日本は土葬と火葬の風習がいりまじっている。土葬派の貴人は柵で囲った土饅頭の上に板卒塔婆《いたそとば》を立てた。

五輪塔は火葬派が選ぶ墓で、遺骨を納めた場所に建てられている。塔の正面には梵字の「キャ・カ・ラ・バ・ア」が書かれている。仏の幖幟《ひょうじ》といわれるもので、「空風火水地」をさす。インド人が考えた宇宙の五大要素だった。


息は風、温かなるは火、身の潤《うるお》いて血のあるは水、これを焼きも埋《うず》みもすれば土となる。

それも始めなきがゆえに、とどまるものひとつもなし。


謙翁の言葉だった。とどのつまり、宇宙の森羅万象すべては始まりも終わりもなく流れてとどまらない「無常」そのものなのだ。

仏教では真理を月にたとえる。破戒僧たちが肩で風を切る室町の世の乱れぶりを嘆いた謙翁の

歌に、

〽曇りなきひとつの月を持ちながら
　　憂世の闇に迷いぬるかな

偽りの月を名乗り、また選ぶのも煩悩ゆえの錯乱というほかなかった。

風が音を立て、林がざわめいた。松明の火が大きく爆ぜた。

松明を風下の側にもちかえた一休は、土饅頭の集まる一隅に足を踏み入れた。

（まるで初恋を病む若者のような）

自分を嗤いたい気持ちがないわけではない。

行方をくらましたままのお冴にしびれをきらした一休は酒量が増えた。

この日、行きつけのどぶろく屋で酔いにくらんだ頭のなかで、ふと、そういえばと思いついた。

（墓場があるのでは？）と。

時刻は夕暮れ、盃を重ねてふらふらになっている最中のことである。

お冴はお守りの陰茎を墓場から調達すると言っていた。

現に石原村の隠れ家をつきとめるきっかけとなったのも近くの墓場で陰茎が失われた死体がでたという聞き込みだった。

そう考えると一休はいてもたってもいられなくなった。

気がつくと……夜の鳥辺野で狼を追い払っていた。

土饅頭を囲む柵の板にはびっしりと法華経の経文が書き連ねてある。平安時代以来、貴人たちに「諸経の王」と呼ばれ敬われてきた経典である。

ただ、この夜の一休は経文には目もくれない。柵ごしに松明をかざしては、一つずつ点検しはじめた。鼻を押しつけるように土饅頭の腹に目をこらした。あたりの草むらは鈴虫の声に満ちている。

ついこの前立秋を迎えたと思えば、もう処暑を過ぎていた。今朝、庵をでるときにみかけた鰯雲《いわしぐも》の空が思い出された。一休は雲をみているうちに鰯の干物を肴に一杯ひっかけたくなったのだ。

じつのところ、一休もお冴と出会えるなどという奇跡があると本心では思っていなかった。ただ、それでもなにかしないではいられない。せめて掘り返した形跡でもみつかれば、そんな藁にでもすがりたい思いが一休を突き動かしている。

土饅頭の集団がしばらくのあいだ途切れる空き地にきた。

大きく息を吸った一休はあたりをみまわした。向こうにべつの土饅頭たちの影のわだかまるのがみえた。

一休は歩きだそうとした。

虫のすだきがやんだ。
少し先の闇にぽつんと火が現れた。
小さくみえるが、距離がつかめないので実際の大小はわからない。
燃えながらふわふわと揺れている。
鬼火――
一休が松明を差しむけようとしたとき、べつの火がすぐ横に姿をみせた。
あっという間に数を増やしながら左右にひろがりはじめた。
一休は松明を捨てると足で火を踏み消した。
降って湧いた背後の気配にふりむいた。
「オン
ダキニ
ギャチ……」
そのとき、地を揺るがすように呪文の合唱が湧きおこった。
一休はいつのまにか火の群れに取り囲まれていた。じりじりと間合いを詰めてくる。
一休は相手の呼吸を読みながら、短刀をぬいた。
「ギャカニエイ・ソワカ・オン・キリカク・ソワカ……」
呪文の合唱の壁のなかからしゅっと光るものが突きだされ、一休の脇をかすめた。

槍の穂先だ。

鬼火とみえたのは、それぞれが頭の上に角のように差した二本の細筒が発する炎だった。炎が黒づくめの装束の一団の姿を、亡霊の群れのようにぼんやりと浮かびあがらせた。が、亡霊ではなかった。そろいの黒い覆面をしている。

しゅっと背後から槍の穂先がかすめた。

「オン・ダキニ・ギャチ・ギャカニエイ……」

しゅっしゅっと少し間をはさんで前後から伸びてきた。息もできない恐怖が一休をとらえた。

こんどは脇から突きだされた槍をかわしたそのとき、空を切って飛んできたものがあった。次の瞬間、一休は頬骨に激しい痛みを覚えた。目がくらんだ。うめきながらそれでも夢中で体を四方へ回し、小刀を振った。

一休は槍衾《やりぶすま》に閉じこめられている自分をみいだした。

すると耳をつんざくように金属を打ち鳴らす音がした。黒装束たちの背後の方角だった。

呪文がいっせいにやんだ。

それが合図になったように、石があらゆる方角から雨あられとなって襲ってきた。

頭をかばって後ずさりする一休の目に、次々と石つぶてをくらう黒装束たちの姿が映った。鬼火が右へ左へとあわただしく揺れた。

一休は顔面めがけて勢いよく飛んできた石をよけようとして草むらに尻もちをついた。

そのとき、

「役人だ！」

誰かの叫ぶ声かした。

黒装束たちのあいだで一人が、

「退《ひ》け！」

低い声で言うのが聞こえた。闇のなかを走り去る気配が伝わった。

銅鑼《どら》の乱れ打ちがおさまると、あたりは急にひっそりした。

誰かが一休の前に立つのがわかった。

「おひさしぶりです、旦那。怪我はないですか？」

聞きおぼえのある声が言った。

# 第三章　激突

## 一

「だいぶ男っぷりがあがったと聞いたが」

「しばらく自分に近づくなとあんたが言った意味がわかったよ」

一休は左目の下に出来た痣《あざ》にふれながら言った。「自分に火の粉がふりかかるのを避けたかったのだな？」

「埋め合わせはしたじゃないか」

孫八はおかしそうに肩をゆすった。「かなり痛い埋め合わせになったようだがね」

「俺にまで石をぶつける必要があるのかね？」

「狙った敵どもの先にたまたまおまえがいたらしい」

「たまたまねえ」

「間違いは起きるものさ」

孫八はくすくすと笑った。「いずれにせよ無事にもどれたんだ。礼くらい言ったらどうかね？」

「囮にしてくれてありがとう。これでいいかね？」

「上等だ。この先も好いつき合いができそうだ」

鴨川ごしに阿弥陀ケ峰が光っている。

（これだから）

この男は煮ても焼いても食えない。でも、憎めない。一休としては苦笑いするしかない。

「揺さぶるんだ」

孫八は何日か前に言った。すると疑心暗鬼におちいった鯉たちが喰らいついてくると。その見立ての通り、相手の反応はさっそく表れた。

孫八は蓬莱屋の荷駄の列が倶利伽羅峠で襲われ、四万両という砂金が何者かに奪われたという情報をつかんだ。

事件には山城屋が絡んでいると知って調べるうちに、一休が捜すお冴との関連が浮かびあがってきた。事件の直後、山伏姿の男がお冴の板書きを配ったという。

孫八は一休にお冴の板書きをもたせて日顕を訪ねさせ、依頼人の影を匂わせた。

あれが孫八の、

（撒き餌だったのだ）

孫八は配下の乞食たちに一休の周囲を見張るように命じた。

そして昨晩――鳥辺野に黒装束の一団が入ったとの連絡が孫八のもとにもたらされた。鯉の群れはついに水の面に姿を現わした。孫八はただちに救出を命じた。

威嚇の銅鑼叩き。

投石の雨。

「役人だ！」の声。

すべては孫八の指し図通りだった。「おひさしぶりです」と声をかけてきたのは、お冴の石原村の隠れ家をつきとめてわたりをつけた乞食頭、大男の銀助だった。

作戦は当たった、おそらくは、当たりすぎるほどに。

大道豪安。この名はいまや大きくしかも赫々《あかあか》と輝きを放ちながら一休と孫八の脳裡に焼きついている。こいつが黒幕だ――。

「しかし」

一休は静かに茶をすする孫八に言った。「豪安の側はこれで俺にあんたがついていることを悟ったぞ」

「かまわんさ」

孫八はあっさりと答えた。「豪安がわたしを御《ぎょ》しやすい相手だと踏むならば話はべつだがね」

「なるほど」

豪安は一休の背後に誰がいるのかを探ろうとした。孫八がいるとわかったいま、動きが慎重になるのは目にみえていた。孫八の言う通りだった。うかつに手をだすには、孫八の率いる集団の力は、

（大きすぎる）

のである。

一休は、いつしかお冴のことも忘れて楽しむ自分がいるのを感じた。

実際、片や都の政界を舞台裏で操《あやつ》る怪人物、片や都の最底辺に睨みをきかせる乞食の大頭目。この二人の役者の対決は手に汗を握る、めったにない見物《みもの》になるのではなかろうか？

孫八が平気で一休を囮に出来たのは信頼もあったのだろう、一休ならばたいていの危地はしのげるという。だが、なんといっても一休を死なせないという絶対の自信があったうえでの作戦だったにちがいない。

「で、黒党衆は」

孫八は一休のまぶしい思いを知ってか知らずか、さきほど一休が聞いたばかりの名前をだして言った。「一・一できたのだな？」

別名を鬼火衆。豪安の屋敷に常駐する子飼いの子分の集団で、かれがみずからの影の仕事のために手塩にかけて育てた、臨時雇いの手下を掌握し目を光らせる役目もあたえられた者たちだという。

「そうでなければいま頃はこうして生きていないさ」

一・一とは、一人で一人を襲う戦法の呼び名で、これに対し、三人がいっせいに一人を襲う場は三・一という。

敵は一休のぐるりをとり囲んでいた。もし本気で一休を仕留める気があるならば、三方から一度に槍を突きだせばよいはずだった。

「俺を生け捕りにしたかったんだ。日顕だな」

一体は言った。「日顕から報告を受けた豪安は、俺を叩いて吐かせようとしたんだ。すべてを知っているらしい依頼人の正体をな」

「しかし、それだけかな？」

孫八は考えるように首をひねってみせた。

「というと？」

「豪安は狂人だ」

「正常《まとも》でなさそうなことはたしかだな」

「豪安には色々と噂がある。明に日本を売り渡そうとしているとか街の女をさらわせてきてはもてあそぶのが大好きだとか」

「調べさせたのかい？」

「まあな」

孫八はこの男にしては珍しく言葉を濁した。

「で……それだけでないとは？」

「途方もない勘違いをしている可能性があるということさ」

孫八は微妙な笑い方をした。「豪安もそうだが、わたしたちの方もさ。そういえば、豪安の口癖を知っているか?」

「いや」

「『俺の勘に狂いはない』――わたしの経験では、こういう手合いにかぎって、とんでもない勘違いを犯しがちなものだ。ひっくりかえるような勘違いをね」

「自信たっぷり間違える手合い?」

「存在自体が混乱の種になる。たとえ本人にその気がなくてもな。しかも豪安という男は、自分からその混乱を楽しんでいるふしがある。まわりの誰よりもね」

「どうもよくわからないが」

「わかれば狂人じゃないか」

「まあ……そうだな」

「戦いにあまりのめりこむと敵に似てくることがある」

「ほう」

「狂気が伝染《うつ》るんだな。敵の狂気にかぶれるんだ。そして気がつくと」

孫八は手を頭上にふりあげ、「糸の切れた凧になる。素っ頓狂な方角へ飛んでゆくんだ」

一体はこの日の孫八がいつになく大きな身振りをしていることに気づいた。それがなぜなのかはわからなかった。

「ところで」

孫八は話題を切りあげるように、「前にソウテツという名前の男の話をしたな？」

「ああ。今出川の土手で山伏とお栄が口にしていた？」

「うむ。あのあと少々気になってあたってみた。こんな名前の坊主がでてきた」

孫八は虚空に字を書いた。

「宗……哲」

一休は字を読んだ。「宗哲？」

「昔、西金寺にいた男だ、円忍という名でな」

「えっ」

「じつは、お栄が山伏と消えた翌日、六波羅蜜寺のお栄の長屋に踏みこんで家捜《やさが》しをした連中がいる。長屋の住人にしきりに聞き回っていたそうだ、『宗哲がどこにいるか知らないか』とね」

「……」

「宗哲は連中がくる少し前に『遠国へゆく』と言い残して長屋をでていた。おまえ、この宗哲とは？」

「謙翁先生のもとで一緒だった……円忍とはな」

「ふむ。法名を変えた話は？」

「いや。顔を合わせたのは謙翁先生の荼毘の日が最後だ。越前に行くと話していた」

「日顕はなにか言ってなかったかね？」

「円忍についてか？　なにも。俺たち三人は修行仲間で。円忍は謙翁先生に一番見込まれていた男だった。こいつはいつか坊主らしい坊主になる、と誰かに話しているのを耳にしたことがある」

「ふむ。その男は越前でなにを？」

「聞いていない。どこかの禅寺にもぐりこんでいたのじゃないかな。俺と同じならばな」

「そうか。ほかに思い出すことはないかね？」

「思い出すこと？」

「なんでもいい。特別な技をもっていたとか」

「特別な技？」

一休ははっとした。

「あるのかね？」

「そういえば、妙な術に凝っていた。霊術、といったかな。明で流行している、人の心を自由自在にあやつれる術とかそんな話だった」

「ほう。で、おまえがみたことは？」

「一度だけあったな。寺の近くの百姓の娘でいつも畑の物を届けてくれる信者がいた。円忍が本堂の裏で、左手で娘の顎をつかみ、目の前で右の人差し指をふっていた。『なにをしている』と訊いたら、『前世を思い出させている』と大真面目に答えた」

孫八は首をひねった。

「記憶を遡《さかのぼ》らせる……遡霊《それい》術とか言っていたな。こいつなにを言ってるんだと思ったがね。それから、人間でなくすこともできると自慢していた」

「人間でなくすねえ」

「化霊《けれい》術、だったかな。『おまえは猫だ』と言えば、ほんとうに猫になってニャア〳〵鳴くと言っていた」

「ふむ」

「人間のまま『木に登れ』と言われれば登り、『水に飛びこめ』と言われれば飛びこむようにすることもできるとも話していたな。たしか走霊術とかいった。そうだ、一度日顕がそれを聞いて『俺は絶対そんな術にはかからない』と言ったら、『そういうやつにかぎってよくかかるんだ』と円忍は笑っていた」

「ほほう」

「一番奴隷になりやすい手合いだとね。『こんど二人だけのときにかけてやる』と言っていたが、ほんとうにかけたかどうかは知らない。俺はそういうものに元々興味がないたちだったし、信じもしなかったから」

「豪安は信じたようだよ」

「えっ」

「宗哲はその霊術とやらの腕を気に入られて豪安のもとに入ったらしい。越前からはだいぶ前に引き払って、その後あちこちを流れ歩いていたようだ。豪安に拾われたのは去年の夏頃だったらしい」

「……」

「山城屋に出入りする者からの聞き込みがあってね。そのときにはもう宗哲と名前を変えていたそうだ」

孫八は淡々とつづけた。「飢渇祭の日に豪安と一緒に山城屋に現れ、余興と称して居合わせた女たちに術をかけて吉兵衛を大笑いさせていたという話だ」

「さっき、その宗哲のいた裏長屋に踏みこんだ連中がいたと言ったな？」

「うむ」

「豪安側の手の者たちだったというのはたしかなのか？」

「それはわからない。ただ、一連の流れがある」

「流れ？」

「倶利伽羅峠の襲撃の九日後、山伏が板書きを配った」

「お冴のだな？」

「その二日後に、お冴が石原村の根城から連れ去られた。山伏姿の男がお栄を連れ去ったのはさらに翌々日のことだ」

「お栄の死体が発見されたのは……」

「お冴が連れ去られた三日後のことだがね。宗哲の長屋に踏みこんだのも山伏に率いられた一味だったらしい」

「ひどい怪我を負った女を山伏が連れて逃げる事件があったというのは？」

「倶利伽羅峠の事件の七日後。お冴が連れ去られる四日前のことだ」

「たしかに」

「うむ」

「つながっているかもしれない」

「宗哲というのは面白いぞ、一休」

「面白すぎるよ」

一休はため息をついた。

「叩くと色々でてきそうだ」

「どうやって叩くんだ？」

「そのためにさっきからあれこれと訊いているんじゃないか」

「だから言っただろう？　やつとは謙翁先生の荼毘の日に話したのが最後だって」

「その後なにか耳にすることはなかったか？」

「あるわけないだろう？」

「やけにそっけないじゃないか」

孫八はくすくすと笑った。「昔の仲間であろうとなかろうと、使えるものはなんでも使わなくてはな。お冴をみつけたくないのか？　おまえと宗哲は豪安の妄想のなかで一つになっているのかもしれないというのに」

「え、俺と宗哲が？」

こんどは一休が孫八をうかがう番だった。「どういうことだ？」

孫八はそれには答えずに言った。

「おまえ、お冴が殺されたのではないかと疑っているのだろう」

図星だった。孫八は一連の流れという言葉を使った。その流れにお冴を置いてみる。ひどい怪我を負ったという女、鴨川の河原で惨殺されたお栄という立ちんぼ。二人の姿が重なってならないのだ。

一休は急に酒が呑みたくなった。

「酒を呑みたくなったかね？」

一休は絶句した。

「お冴は無事だ。生きているよ」

孫八はきっぱりと言った。「なあ、一休。おまえは一人じゃないんだぜ。おまえのために力になりたいと思っている者は多い。だから皆が動いている。お冴と会う前に体をこわしては元も子もない。酒はほどほどにしておけ」

「……」

孫八はやおら腰をあげると背後の棚から朱鞘《しゅざや》の刀をとりだし、一休に投げあたえた。「もってゆけ。短刀一つでは危なすぎる」と両手で受け止めてぼんやりみあげる一休に言った。「これから色々あろうが、生命だけは粗末にしないことだ。大事にするんだ、お冴をおまえの腕のなかにしっかり抱き止めるそのときのためにね」

# 二

二胡《にこ》の音《ね》が流れていた。

官能をくすぐる甘い調べだ。

庭に面した座敷から笑いさざめきが洩れている。

庭は狭いが凝った蓮池を配した明式《みんしき》の造園。江南提灯《こうなんじょうちん》が中島をまたぐ夜の石橋を照らしている。池の向かい側は前面に石組を廻した蘇鉄《そてつ》の林で、みるからに琉球風のしつらえ、南国情緒を醸しだしている。ときおり鯉の跳ねる音がした。

縁側の欄干ごしに明服姿の豪安の姿がみえた。

山城屋吉兵衛、蓬莱屋弥兵衛も顔をそろえており、こちらは和服だ。

去年の秋、蓬莱屋の砂金運搬の話をつかんだ吉兵衛はその強奪をもくろんで豪安に協力をもとめた。

豪安は蓬莱屋の主人弥兵衛の無類の女好きに目をつけ、小弓を使って、荷駄の運搬の日時と経路の詳細を手に入れた。

吉兵衛の妻およしは今年の春、夫と豪安のたくらみに気づいた。実家《さと》帰りを口実に堺にいる父親の弥兵衛に知らせようとした。出立の前夜、吉兵衛に動きを気取《けど》られて捕まったあげく、毒殺された。

もちろん、弥兵衛はこれらのいきさつはなにも知らない。

豪安と吉兵衛、弥兵衛の三人は若い女を脇にはべらせている。妓楼から調達してきた妓女たちらしい。袖口に太極図の勾玉の柄が入った服を着ている。

三人から少し離れたところに一人で盃をなめる日顕がいた。周囲の喧騒にはまるで無関心に、たわめた指の爪を眺めている。

横には金刺繍の南蛮衣装をまとったいつかの爪哇人の小男がいた。若い妓女を膝にもたれさせながら、座敷の中央で舞う二人の女に好奇の目をむけている。

女たちは下座の楽士の一団がかなでる二胡と横笛、鼓の曲に合わせて孔雀扇の舞を披露する最中だった。

二人は、この秋を迎える白露の祝日《いわいび》にちなんだ今様《いまよう》を掛け合いのように口ずさんでいる。

が、その内容はかなりきわどい。

〽美女《びんじょう》うち見れば　一本葛《ひともとかずら》にもなりばやとぞ思う。
本《もと》より末まで縒《よ》られればや
切るとも刻むとも　離れがたきはわが宿世《すくせ》。

美女をみると一本の蔦葛《つたかずら》となって根元からつるの先までからみつきたいよ。たとえこの身が切り刻まれても、美女に吸いつきたいのはわが宿命《さだめ》。
歌いながら男役となった一人が美女役の女にからみつき、相手の腰の前を意味ありげに撫でている。
豪安が爆笑した。日顕はポーカーフェイスだ。爪をみつめる人形のような目からはなにも読み取るができない。

〽恋ひ恋ひて　たまさかに逢ひて寝たる夜の夢は
いかが見る。
「きしきしきし」と抱くとこそ見れ。

恋しくて恋しくてやっと共寝ができたときにみる夜の夢はどんなだろう？「きしきしきし」と抱けばわかるというものさ。

「きしきしきし」と擬音を口にしながら男役の女は女役に腰を密着させ、これみよがしに前後させる露骨な交接のしぐさをした。

が、豪安はこんどは笑わない。むずかしい顔で盃をなめたあと、血相を変えて、

「古い！」

絶叫した。

たしかに、古い。今様を歌うのは白露の祝日のきまりごとだったとはいえ、この形式の歌の流行は二百年近く前に終わっている。鎌倉時代のなつメロなのだ。

真っ青になった男役の舞女が、楽士たちに目で合図した。楽士たちは夢中になってうなずき合うと、曲を変えた。こんどはむやみにテンポの早い小歌、一休の時代のポップミュージックである。

〽笑窪《えくぼ》のなかへ身を投げばやと
　思へど底の邪が怖い。

「エイサア〳〵、ホーイホイ」

鼓の男の必死の掛け声。

〽石の下の蛤、

「施我今世楽せい《せがこんせいらく》」と呟く。

石の下でハマグリが「楽をせよ、やりたい放題やっちまえ」とつぶやく――この「石」は睾丸、「ハマグリ」は女性器をさす。だんだんとやぶれかぶれになってくる。

日顕はポーカーフェイスだ。

「ところで、弥兵衛さん」

豪安が蓬莱屋弥兵衛におもむろに声をかけた。「例の砂金の強奪の件、下手人の目星はつきましたかな？」

「それがさっぱりでしてな」

弥兵衛は顔をしかめて、「役所には『くれぐれもご内密に』と申し添えて届けをだしてあるのですが、土一揆《つちいっき》の取り締まりにかかりきりとかで、まるでとりあってくれなくて」

「それはそれは、あいにくなことで。胸中、心からお察し申しあげます」

しめやかに顎を引いた豪安は吉兵衛にニヤリと目くばせした。吉兵衛は目尻を皺寄せて応えた。

「蛤、蛤、ホーイホイ！」

舞女たちが天にも届けと甲高い声を張りあげた。

三

その前日。

「弥兵衛は勘づいてないのだろうな?」

豪安が太極図の掛物を背に言った。

吉兵衛と二蔵、かたわらには日顕もそろっていた。こざっぱりと涼しげな紫陽花色の法衣を着ている。お冴の姿はみえない。

「いまのところその気配はありません」

二蔵は答えた。「こちらにできることがあればなんでもするからと伝えておきました」

「うむ。まあ、勘づいたら勘づいたで始末すればすむわけだが、手間はかからぬにこしたことはない」

豪安が言った。「それより問題は孫八の側の動きだ」

「孫八の狙いは砂金だよ」

吉兵衛が息ごむように言った。「やつは倶利伽羅峠の荷駄襲撃の一件を嗅ぎつけただけじゃない。宗哲と小弓たちがわれわれから砂金を横取りしたこともつかんでいる。われわれより先に二人をみつけ、砂金を自分のものにしようとたくらんでいる。一休はその手先だ」

「しかし、こんなときに一休とやらは墓場でなにをしていたのかね。真夜中に昔契った女の供養でもしていたのか?」

豪安が首をかしげた。

「黒党衆たちの話ではしきりに土饅頭を調べ回っていたそうです」

「うさんくさい野郎だ。だから坊主は信用できないんだ」

吉兵衛が言った。「おい、ぬかりなくきちんと動いているのか? 二蔵。ぐずぐずしている暇はないぞ。孫八の一味に二人を押さえられたら目もあてられないことになるぞ」

「動いていますよ、あなたに言われなくてもね」

二蔵はむっとした表情で答えた。「一蔵たちとの斬り合いで黒党衆はすでに五人も死んでいる。このまま黙ってみすごすわけにはいかないでしょう」

「鍵はやはり宗哲だな」

豪安が考える目で言った。「小弓は傷を負っている。洛中の医師の方はすべて押さえてあるのだな?」

「はい、すでに一人残らず」

二蔵は答えた。「いままでのところ、小弓らしき女が立ち寄ったという報告はきておりません」

「仮に傷が重く、満足な手当も受けてないのなら、小弓は動けない。あるいは、もう死んでいるかもしれない」

　二蔵がかすかにうつむくのがわかった。

「その点、宗哲は自由に動ける。動けるぶんこちらとしては居所がつかみやすくなる」

「しかし、六波羅蜜寺のそばの長屋を最後に煙のように失せたままじゃないか」

「俺の勘では宗哲と小弓は越前だな」

　豪安が言った。

「越前？」

「宗哲は砂金を奪い取る前に念入りに逃亡の方策を考えたはずだ。やつは、ここへくる前は越前が長かった。宗哲は小弓と一緒に越前の昔の修行仲間に匿われている。俺の勘に狂いはない」

　吉兵衛は疑わしげに二蔵に、

「あんたもそう思うかい？」

　二蔵は直接答えずに、

「豪安先生のご指示にしたがい、あらゆる方面をあたらせています。修行仲間の方も調べさせている最中です」

「うむ」

　吉兵衛はうなずいた。「たしかに越前なら京にも近い。盲点だったかもしれぬな」

　日顕が茶をすすった。

「しかも出家同士というのは余人にはうかがいしれぬ深い紐帯《ちゅうたい》があると聞きますし」

「信用しとらんよな、あいつら、俗人のことは」

「日顕！」

日顕をみつめていた豪安が突然声をかけた。

日顕は思わずむせた。

「おまえ、なにかあったか？」

「な……なにか、ですか？」

「そう。なにかだ」

日顕はちょっとあえいでいる。

「妙に色っぽいから」

「え？」

「肌がいつもよりうるおっている感じがする」

「そう……でしょうか？」

「今夜、わたしの閨《ねや》にくるように」

豪安は厳しく命じた。頬をぴくつかせた日顕に、「あっははは。なんだ、その顔は。嘘だよ、嘘。案じるなって。俺は昔から女だけだから。知ってるだろうが！」

「はあ」

「馬鹿だねえ。お冴！」

豪安は血相を変えて絶叫した。「お冴はどこにいる！」

「お冴は今朝からわたしの屋敷だよ」

吉兵衛はうんざりした口調で、「明日の飢渇祭の準備をしている」

「ふん」

豪安は不満げに、「あの女はこのところ妙に外歩きが多い」

「化粧の材料一つ手に入れるのにも大変なんですよ」

二蔵がなだめるように、「明日の趣向が趣向ですからね」

「おまえは明日はなにをやるのだね？」

吉兵衛が言った。

「いえ、わたしは飢渇祭には。聞き込みの指揮にでますので」

「それはあいにくだな。去年の飢渇祭はおまえの修験踊りと宗哲の霊術で大盛り上がりだった」

「弥兵衛は宗哲が顔をみせないことを不審がるかもしれませんね」

「小弓のいないこともな。大のお気に入りだから」

鼻で笑った吉兵衛は、「ここは今年の主役にがんばってもらうしかあるまい」

「今年の主役？」

「お冴だよ。ほかに誰がいる」

「もう一人、肝心な誰かを忘れてないか？」

豪安が口をはさんだ。

「え？」

「日顕だよ」

「ああ、そうだったな。忘れちゃいかんな。飢渇祭はなんといっても陀羅尼の読誦だ。まったくあんたの陀羅尼は男のわたしが聴いてもゾクゾクするほどすばらしい。思わずここをひん剥いて拝みたくなるほどね」

吉兵衛は日顕の尻をぽんと叩いた。

豪安が爆笑した。

# 四

再び四条大路の山城屋の屋敷。

酒がすすみ、座は乱れている。

孔雀扇の女たちが媚びた笑顔と流し目をふりまいて舞っていたが、日顕の姿はいつのまにかなかった。

「小弓さんは、今日はみえないのですか？」

弥兵衛が豪安に言った。

豪安は眉をしかめてうなずき、

「それが、ここのところ少々体をこわしていましてな」

「それはいけない。今年の夏風邪は後を引くと聞きましたが、小弓さんも？」

「まあ、当たらずといえどもも遠からずです」

「そういえば、宗哲さんの姿もみえませんね」

「どうしても断れないという法要がありましてな。本人も顔をだしたがっていたようだが」

豪安が答えた。

「それは残念。今年はどんな霊術がみられるかと楽しみにしておりましたが」

「陳さん、日本の政治についてどう思いますか？」

吉兵衛が爪哇人に話題をふった。どうやら華僑系らしい。

「トテモ、分カリニクイデス」

「はあ、はあ」

「天皇《ミカド》ト将軍、ドチラガ国王ナノデショウカ？　迷イマスネエ」

「いや、一言一言が勉強になります」

「大事だな、外からの目は」と重々しく豪安。

「陳さん、日本の舞はどうですか？」

「琉球ノ舞モ好イデスガ、コチラノモ好イデスネエ」

「なるほど、琉球！」

吉兵衛がぽんと膝を打ち、「また一つ貴重な勉強をさせていただきました」と頭をさげた。

室町幕府は明と国交を開き貿易を盛んにしたが、その後、南蛮との商船の行き来に力をいれた。琉球はその中継地として活況を呈した。

那覇の港には、一時期、明船よりも爪哇や安南の船が多いほどだった。が、これらの船も船主のほとんどは明からの移民、南シナ海を股にかける南方系の華僑に占められていた。

「そのかわり、弥兵衛さん」

豪安は声をひそめ、「今夜はとっておきの余興を用意させてあります」

「ほう。それはどのような？」

「ふっふっふっ。それは飢渇祭のあとのお楽しみということで。日顕！　まだか？」

豪安が怒鳴りあげた。

奥の間とのあいだを仕切る戸のむこうで、合図のような小さな咳払いが聞こえた。

「さあさあ、早く」

吉兵衛が女たちを追いたてた。舞女たちが孔雀扇を閉じるとさらさらとすり足でしりぞいた。酌をしていた妓女たちが猫のように膝を回し、袂《たもと》のかげで四方の燭台の火を吹き消した。

一瞬、庭に面した座敷は闇にくるまれた。

一拍置いて――、
仕切りの戸がするするとあけられた。

「南無仏陀耶《ナムフドヤー》、南無達磨耶《ナムダモヤー》」

奥の間の闇のなかで、とろけるような陀羅尼の読誦の声が湧きおこった。

闇の一隅で燭台の火がぽっと二つ灯った。火と火のあいだに日顕の白いうなじが浮かびあがった。

「南無僧伽耶《ナムスンギャーヤー》、南無十方諸仏《ナムジーホーシーブー》」

奥の間で燭台の火がぽっぽっと増えてゆく。

日顕の向こうで、曼殊沙華《まんじゅしゃげ》や萩、葉鶏頭《はげいとう》と梅檀《せんだん》の実など季節の花果で飾られた須弥壇が華やかに照らしだされた。

するとその中央に――。

「おおっ」

固唾をのんで見守る一同がどよめいた。

黄金のダキニ天の像がまぶしく姿を現した。頭髪を高く結いあげ、腕輪をつけた半裸の女神が指を折り曲げ、妖しく小首をかしげてみおろしている。

お椀型の乳房を剥きだし、全身の寸法はちょうど人間の女性と同じくらい。そのせいかまるで生身の女が踊りのポーズを取りながら固まっているような錯覚に襲われるほどだ。

肘を直角に曲げた腕を高くかかげ、挑みかかるような迫力にあふれた像は首元に髑髏をさげている。髑髏の頭頂部には穴が開いていた。

「さ、弥兵衛さん」

皆を日顕の背後に導いた吉兵衛が、「厄落としですよ。たがいの商売繁盛をご祈願しましょう。我らがダキニの女神様にね」

「南無諸菩薩摩訶薩《ナムシーブーサーモコサー》……」

一同はよどみなく流れる日顕の声に合わせて、ダキニ天をみあげながら手を合わせた。陳さんも手を合わせた。

ダキニ天のまばたかぬ目。瞳のない大きな目。中国風のよくある仏像と異なってひどく肉感的で、笑うように吊りあがった口には黄金色に輝く歯がびっしりと生えている。

ダキニ天の前身は天竺の女夜叉《やしゃ》である。人の死期を察知する特殊な能力をもち、死の瞬間に虚空を飛んでゆき出来立ての死肉をむさぼり食う。頭から肛門に至るまで六カ月をかけて楽しみながら食べる。なめるようにしゃぶりつくす。

ダキニ天がとくに好むのが人間の頭頂部にある人黄《にんおう》の部分。髑髏の頭の穴はこれをすすりあげるためのものなのだ。

ダキニ天が裏社会の人間の崇拝を受けるのは、人黄には人々の魂をあやつって地上を支配する力があり、食する者は栄耀栄華をほしいままにできるという伝説があるからにほかならない。

ただし、ダキニ天に帰依し、生きているあいだに恩恵をこうむった者は、その代償として自身の死に際しては人黄をダキニ天に捧げねばならない。

「南無諸聖僧《ナムシーシンスン》、南無呪師《ナムシュウシー》」

日顕の読誦は「前呪《ぜんしゅ》」と呼ばれる部分に移った。

「沙羅佉《サラギャー》、沙羅佉《サラギャー》、沙羅佉《サラギャー》」

日顕の声はたしかにねっとりと色っぽい。男女を選ばず陶然とさせる面妖な力をもっといえばよいだろうか。

ただ、かれがまさに唱えつつある陀羅尼の中身には怪しさのかけらもない。呪題《しゅだい》を「卻瘟神《ギャクオンジン》呪《シュ》」。「瘟《オン》」を「卻《しりぞ》ける」ための陀羅尼で、「瘟」とは伝染病をさす。

令和の禅僧・野口善敬《ぜんけい》師はその著書のなかで、これについて「病気をまき散らす細菌やウイルス」の退場を祈願するための聖なる陀羅尼だと解説している（『禅門陀羅尼の世界』禅文化研究所刊・三三四頁）。

が、この陀羅尼が生まれた時代に細菌、ましてやウイルスに関する知見をもった者は世界のどこにもない。仏教圏では伝染病は「鬼」が運ぶと信じられた。そしてこの「鬼」こそはダキニ天なのだ。

「莫多南鬼《ムトナンキー》、阿佉尼鬼《アギャニーキー》、尼佉尸鬼《ニギャシーキー》、阿佉那鬼《アギャナーキー》、波羅尼鬼《ハラニーキー》、阿毘羅鬼《アビラーキー》、波提梨鬼《ハーダイリーキー》……」

日顕の読誦が一段と熱を帯びた。陀羅尼は鬼の名の連呼のくだりに入っていた。

ここに並ぶ七つの鬼の名、これらはすべてダキニ天の異名だった。陀羅尼の趣旨にふさわしく、ここでは七つの鬼の名の頭に「莫《なかれ》」と付して、その退散を祈願している。

手を合わせていた妓女たちの体が前後に揺れはじめた。なかにはその指が知らず知らず太腿の内側をなぞりだす者もいる。二人の舞女はなぜかひしと抱き合って、ぽかんと呆けた顔を日顕にむけていた。

仏教の呪文は一般に真言と呼ばれる。陀羅尼は真言と並ぶ呪文の仲間だ。「郤瘟陀羅尼」は早くも末尾の一文にきた。

「疾去疾去《シッコーシッコー》、莫得久住《マクトククージュウ》」

訳すれば、

「疾《と》く去れ、疾く去れ、久しく住することなかれ」

だが、この日の日顕の読誦はここで終わらない。

いったん唱えおえられた「郤瘟陀羅尼」は、

「住久得莫《ジュウクートクマク》、去疾去疾《コーシッコーシッ》」

一文字ずつ逆に読まれはじめたのだ。逆陀羅尼《さかさだらに》の呪法のはじまりだった。

飢渇祭の逆陀羅尼は全部で五回読まれることになっている。

最初の陀羅尼で退散を強いられたはずのダキニ天は、初回の逆陀羅尼で再び呼びもどされる。

そして二回目。これは蘇ったダキニ天に新たな力を吹きこむためのものだった。

さらに三回目の逆陀羅尼でダキニ天は天高く舞いあがる。

怖ろしいことに、このとき読誦者はダキニ天が天からみおろす先を具体的な場所として脳裡にイメージしなければならないとされる。京の都なら京の都を、奈良の都なら奈良の都を、しかもありありと！

四回目の逆陀羅尼が終わると、ダキニ天は、祈願者にイメージされたばかりの場所に、あらゆる災いの種を虚空から撒き散らすのだ。

五回目の逆陀羅尼。ダキニ天は災いを地上の生きとし生ける者めがけて吹きつけ、飢渇祭の儀式はつつがなく終了することになる。

闇のあちこちで女たちのすすり泣く声がした。

日顕の読誦はなんとも心地よい。が、その流麗さにはどこか役者が坊主の声色を巧みに真似ている、そんな印象をあたえるところがあった。なにしろ日顕は西金寺時代、本堂で読誦をはじめると床下でいたちが交尾をはじめたという伝説の持ち主なのだ。

「耶磨達無南《ヤーモダムナ》、耶陀仏無南《ヤードフムナ》……」

五回目の逆陀羅尼が冒頭の部分へもどってきた。

日顕は、

「呪神瘟卻《シュジンオンギャク》——」

ゆっくりと陀羅尼の四文字の呪題を逆さに読み終わり、数珠を鳴らしながら、ダキニ天像に頭をさげた。

　数拍の間を置いて――、

「明かりをつけろ」

　豪安の命じる声がした。

　抱き合っていた舞女たちが身を離した。妓たちが急いで洟《はな》をかんだり、身づくろいをしながら立ちあがり、座敷の燭台を灯して回った。

「いかがでしたかな」

　豪安が微笑を浮かべて弥兵衛をふりかえった。

「いや、すばらしい。おかげでまたとない厄落としになりました」

「たしかに。ここここのところ、蓬莱屋さんには色々とありましたからな」

「まったく人生は苦労の連続ですなあ」

　吉兵衛が目頭をおさえながらうなずいた。

「でも、弥兵衛さん、今年の厄落としはこんなもので終わりませんよ」

　豪安が悪戯っぽい目で言った。「ここは覚悟しておいてください」

「おや、なんでしょうか？　豪安様。気になりますね」

「じつは、今夜はとっておきの余興を用意してあるのですよ、弥兵衛さん、あなたのために。だよなあ？　吉兵衛」

「はっはっはっ。そうですね」

弥兵衛がきょとんとしたとき、

「あ、あれを！」

妓の一人が須弥壇の方を指さして叫んだ。

みると、踊りのポーズをとっていたダキニ天の上体がぐらぐらと揺れはじめるところだった。

ダキニ天の首がくいと水平に回り、顔がまっすぐ弥兵衛に向けられた。

突然、すっくと立ちあがった。両肘を引き、須弥壇の上で高く踊りあがると、はずみをつけて、両手をあげたまま体ごとのしかかるように弥兵衛に飛びかかった。

妓たちが悲鳴を発して右へ左へ逃げまどった。

「ひいっ。ど、どうかお助けを！」

ダキニ天に組み敷かれた弥兵衛が手足をばたつかせながら叫んだ。

その瞬間、ダキニ天の表情から笑みが消えた。

歯を剥きだすや、弥兵衛の鼻にかじりつき、大きく顔をふりながら食いちぎってしまった。

「ウギャーアアア！」

悲鳴が四条大路の夜空に響き渡った。

## 五

「弥兵衛の鼻を食いちぎっただと？」

宗哲は言った。

「吉兵衛はかんかんだった」

日顕が答えた。

「それで、弥兵衛は？」

「顔の真ん中に穴があいて、骸骨みたいな面相になった」

「豪安は？」

「大笑いしてたよ。もともとお冴をダキニ天に化けさせて弥兵衛の頭に咬みつかせる趣向を考えたのは豪安だったが、まさか鼻を食いちぎるとはね」

「お冴はなぜそんなことを」

「本人はダキニ天に乗り移られてしまったと話していたがね。控えめに言っても、そう思わせるだけの迫力はあったよ」

「おまえの陀羅尼に煽られたのかもしれないな。じゃあ、お冴にお咎《とが》めは？」

「それどころか、豪安はあの盗賊あがりの女をすっかり気に入って、いまや奥方あつかいさ。武家女や物売り女の恰好をしては毎日勝手きままに街なかを出歩いている。今は荒事には加わってないが、このぶんでは二蔵に代わって黒党衆の指揮をとる日も近い。『闇の猫が虎になった』と屋敷の皆は戦々恐々のありさまだよ」

　ヒグラシが鳴いていた。

　岩屋の外は朱色に染まる京の家並みだ。

「二蔵もさぞや首が寒いことだろうよ」

　宗哲は小気味よさそうに、「やつは相変わらず近隣の山里を洗っているのかい？」

「いや、越前だ」

「越前？」

「豪安は、おまえが越前時代の修行仲間のつてを使って小弓と逃げているとみている。二蔵は死んだ一蔵の線の方が怪しいと踏んで、越前は配下の者にまかせ、山伏仲間の聞き込みに廻っているようだ」

「越前と山伏ねえ。どっちにせよ、俺にとっては痛くも痒くもない話だがね。山伏に知り合いなんていないし、俺の修行仲間は越前より大津に多かった」

「大津？　いつ頃の話だ？」

「六年前の話だよ。豪安に話したことはなかったがね。越前を足場にあちこち渡り歩いたあと、大津に移ったのさ」

　宗哲は東山の向こうをさして、「霊術に詳しい朝鮮人の医師をみつけたんだ。医術のかたわら大津の南にある石山寺《いしやまでら》のそばの道場で仲間とみっちり仕込まれた」

「すると一休と入れ違いだったわけだ」

「一休だと?」

「一休が謙翁先生を送ったあと近江に行ったことは知っているだろう。やつは大津から少し北へ行った堅田で十年ほど修行していた。七年前に京にもどってきたんだ、おまえと違ってまともな禅の修行をおさめてね」

一瞬むっとした色をみせた宗哲は肩をゆすり、

「おまえは昔から一休に甘いな」

「なんの話かわからんが」

「なんの話かわからんが」

日顕の口調を真似た宗哲は、「嘘はいかんな、嘘は。おまえ、いまでも夢のなかでこっそり一休に抱かれているんだろう? こんなふうに」と日顕の腰に手を回した。

「よせ」

日顕は宗哲の腕を振り払った。

「ふん」

宗哲は鼻を鳴らした。「おまえは昔からいつも一休をみていた。俺を甘くみるなよ。西金寺で俺に抱かれるとき、おまえはいつも一休に抱かれていたんだ」

「……」

「まあいい」

宗哲は岩屋のなかをみまわし、「われながらじつに好い隠れ場所をみつけたものだ。ここならば豪安に嗅ぎつかれるおそれはない。なぜいままで思いつかなかったのかな?」

「一休は砂金など捜していない」

宗哲が探るように日顕をみた。

「おまえもほんとうはそう思っているのじゃないのか?」

「……」

「一休がなぜ小弓を捜しているのかは俺にもわからない。ただ、一休はカネなどには無頓着なやつだ。そんなものにとらわれるのを煩わしがる男だった。少なくとも俺たちが知る一休は……」

「人間は変わる生き物さ、日一日とな」

「たしかにおまえは変わったよ」

日顕は言った。「俺が知る昔の円忍はいなくなった」

「じゃあ、おまえはどうなんだ?」

宗哲は静かな口調で、「昔の日顕はどこにいったのだ? 西金寺に押し入ってきた連中を追い払ったとき、おまえは見事に敵を叩きのめした、お得意の棒を使ってな。だが、首の骨を叩き折ることはなかった。砕いたあばら骨を心の臓に突き刺すこともだ。だが、倶利伽羅峠でおまえはそのすべてをした、棒を槍に変えて、俺と一緒にな」

「だが、俺は……」

「ほう、だが俺は？　なんだね？」

「おまえに聞かせたところで無駄な話だ」

「だったら聞かせなければいい。結局、一休だけなんだろう？　昔もいまもおまえが心の憂《う》さをぶつけたい相手は」

「……」

宗哲は首を回しながら大きくのびをすると口調をやわらげた。

「なあ、日顕。むずかしく考えるなよ。小弓さえみつけだせれば、俺とおまえで四万両の砂金を山分けできる。そしておまえは豪安から自由になれるんだ」

日が二人のいる西山の向こうに隠れたようだった。

「一人二万両だぜ。一生かかっても使いきれない大金だ。二人で仲良く豪安の鼻を明かしてやろうじゃないか」

岩屋のなかはいつのまにか仄暗かった。

「そうだ」

宗哲はふと思いついたように言った。「こんどここへくるとき、仙露香《せんろこう》をもってこい」

宗哲の目が白く光っている。

「断る」

「いいや、おまえは断れないね」

宗哲は日顗の肩へ手をのばした。

日顗は面をそむけた。

「そうじゃないか、日顗」

宗哲はささやいた。「一休の夢をみられるんだぜ。おまえが誰よりも好きな一休の夢を。俺にたっぷりと練りこまれた仙露香に痺れながらな」

日顗はぺっと宗哲の顔に唾を吐いた。

「ほう。それだけかい？」

ニヤニヤと笑った宗哲は日顗の顎をぐいとつかんだ。

「おまえは断れないよ。おまえにできるのは一休の夢をみることだけだ。一休はおまえを抱かない、永遠にな。俺だよ、俺一人だよ、おまえを一休に逢わせてやれるのは。さあ、日顗。夢をみるんだ、俺の腕のなかで。なあ？」

宗哲は太い指で日顗の頬を撫であげ、撫でおろした。

この晩、月は宗哲の目のなかにあった。

# 六

五日後。

農家の納屋で着替えるお冴がいた。

お冴は頭に巻いていた物売り女の白布を脱ぎ捨てた。

白い手甲を外し、足に巻いていたこれも白い脚絆《きゃはん》を解き、丸めて放り捨てた。

細帯をほどき、絞りと縮《ちぢみ》の文様が入った麻の小袖を身からすべらせて全裸になった。

お冴は無造作に藁山にかけてあった広袖の着物を拾いあげてまとい、四幅袴《よのばかま》を穿いて帯で締めあげた。

濃紺色の脛巾《はばき》を巻き、たたんであった赤革《あかがわ》包みの甲冑《かっちゅう》を手にとると、空いた部分に体を入れて、引き合わせながら紐できつく縛った。腰に鍔《つば》のない合口拵《あいくちこしら》えの打刀《うちがたな》をさし、矢の入った袋を腰に結えつけると、絵に描いたような雑兵《ぞうひょう》のいでたちになった。

戸の外で咳払いがした。

「入ってよいかね？」

低いしわがれ声が聞こえた。

「終わりました。どうぞ」

ずんぐりした体つきの町人の着物姿の老人が入ってきた。その風采は京か堺の商家の大旦那のようにもみえる。

　ゆっくりと土間へ歩をすすめた老人は立ちどまり、顔を上下してためつすがめつお牙の出来具合を調べるしぐさをした。

「立派な野郎っぷりだ」

　それが癖なのか目を閉じたまま言った。

「わかるのですか？」

「匂いでな」

「匂い？」

　老人はくすくすと笑ってうなずいた。

「一休と同じ匂いだ」

「一休と？」

「初めて一休と会ったのは三年前の冬だった。やつはわれわれの世界の掟などなにも知らずに暴れ回っていた。ちょっと揉めることがあってね。じつは殺すつもりでやつをわたしのもとへ呼んだ。入ってきたやつの匂いを嗅いだとたん、殺したくないとなぜか思った。声を聞くと、友にしたいと思ったよ。いいかね？」

　老人はお牙の顔に両手をのばし、頬や鼻の輪郭をなぞった。

「きれいな顔をしている」

孫八は言った。「覆面をするのを忘れないように。一休のやつに勘づかれぬようにね」

孫八の背中をみおくったお冴は、胸の前でこぶしを握り合わせた。うなだれるように目を瞑った。

「汝、もしこの陀羅尼を唱えれば、悪魔鬼神は汝を害するあたわず。かならず戦場《いくさば》に勝利せん」

『如意輪陀羅尼神呪経《にょいりんだらにじんじゅきょう》』の経文の一節をぶつぶつと口にした。

「また、蛇、蝮《まむし》、百足《むかで》蜘蛛《くも》、諸悪毒獣《しょあくどくじゅう》、虎狼《ころう》もついに汝を害するあたわず。汝、剣をふるいし戦闘《いくさ》にことごとく勝利をおさめん」

息を一つ大きく吸いこむと、表情を神妙にあらため、

「ノウボウ・アラタンノウ・タラヤヤ・ノウマク・アリヤ……」

如意輪陀羅尼を物慣れた調子で唱えはじめた。「バロキテイ・ジンバラヤ・ボウジサトババヤ……」

（一休と二人でこの陀羅尼を唱えられたら、どんなにすばらしいだろう）

お冴は思った。

同じ刻限――。

一休は七条町のいつもの観音堂をでると、空をみあげたところだった。この日最後の説法を終えたのだ。

孫八から贈られた朱鞘の大刀を手にしている。

あれから二十日あまり、坊主の姿で刀を差して歩く一休の姿は、ゆく先々で驚かれた。が、それも初めのうちの話。町の人間はいまでは一休の腰の刀などに目もくれなかった。ほかの出家ならともかく、一休ならば、

（あってもおかしくないこと）

ということらしい。

のどが渇くことに気づいた。

（今日は立ちんぼはこなかったな）

お栄の一件以来、一休には説法会で立ちんぼの姿を探す癖がついていた。この夜の商売の女たちは、昼間はもちろん筵をかかえていない。ただ、隅っこの方でいつも顔を布で隠しているのですぐにそれと見当がつくのだ。

なじみのどぶろく屋をめざして歩きだそうとしたとき、すっと寄ってきた影があった。

みおぼえのある顔の男が横面《よこつら》のまま、

「嵯峨。仁平寺《にんへいじ》。表から入って裏門へぬける。清涼寺《せいりょうじ》の北」

声低にそれだけ言うと、あっという間に大路の角へ消えた。

（仁平寺？）

聞いたことのない寺の名前だった。

なんとなく屋根の向こうの嵯峨の方角へ目をやった。

午後の遅い空からぽつりと雨が頬を打った。

仁平寺はたしかに光源氏由来の名刹《めいさつ》清涼寺の少し北の畑の奥にあった。

清涼寺の名を聞かなければみすごしてしまいそうなみすぼらしい寺だった。言われた通り、山門に入り、本堂の脇をぬけようとしたとき、なかから陀羅尼を唱える低い男の声がした。

「ノウボウ・アラタンノウ……」

真言宗の寺らしい。

真言宗の宗祖はいうまでもなく弘法大師・空海。真言陀羅尼宗という宗派の異名がしめすように、一休の時代から六百年以上さかのぼる平安時代の初めに留学先の唐から本格的な陀羅尼信仰を日本に初めてもたらした。

日本の宗派でこの信仰の影響を受けていないものはない。

本堂から聞こえてくるのは如意輪の陀羅尼。如意輪とは「すべての願いをかなえるために仏が回す輪」の意味、如意輪観音を本尊とする真言宗の寺も多かった。この寺もその一つらしい。

如意輪の陀羅尼をのせる『如意輪陀羅尼神呪経』は陀羅尼を唱えることで得られるあらゆる効験を説いていた。

戦闘勝利の効験はとくに武士たちに好まれた。

それだけではない。

「汝、この陀羅尼を唱えれば、過去現在の悪業たる障害をことごとく免れん。仮に五逆の罪を犯して阿鼻地獄に堕ちるとも、観音自ら汝を救い、解脱《げだつ》に導かん。なんぞいわんや、その余の悪業をや」

五逆の罪とは父母殺し、出家殺しなど最も悪質な罪をさす。それを犯せば当然死後は地獄に堕ちざるを得ない。が、如意輪観音はそうした罪人《つみびと》をも憐れまずにはおかない。「地獄に堕ちれば、わが陀羅尼を唱えよ」と如意輪観音は説き聞かす。「さすれば、汝は罪をとかれ、もはや地獄もなく、すみやかに解脱に導かれん」と。

如意輪観音が殺生を生業とする武士たちに歓迎されたゆえんだった。

一休は裏門へぬけた。

小道をはさんで大きな農家の母屋がみえた。

手前の雑木林のかげから男が一人、のっそりとでてきて合図をよこした。

雑木林の頭ごしに愛宕山の影が黒々と迫っている。

雨はやんでいた。

土間は蓑《みの》をつけた乞食たちでごったがえしていた。人数はざっと二十人余り。そろいの合口拵えの打刀をさしていたが、ほかに甲冑の腹当で固めた助っ人とおぼしき侍や雑兵たちが数人加わっている。こちらは皆覆面の姿で、干した貝肉を頬張って腹ごしらえをしたり、槍をりゅうりゅうとしごいて準備を怠らない。一人だけ弓の雑兵がいた。

「女がみつかった」

背後で孫八の声がした。

ふりむいた一休に孫八は、「例の山伏と逃げている女だ。お冴をみつける手がかりになる」

「ふむ。場所は？」

「明神谷だ」

孫八は愛宕山の方角へ顎をしゃくり、「ここから少し上がった奥だ。かなりの出入りになる」

「ここの様子をみれば見当はつくがね」

一休は土間の男たちを目指しして、「豪安か？」

「うむ。二蔵という男がいる。豪安の下でここ十年ばかり黒党衆を束ねている。この男がいま女の居所を嗅ぎつけ、明神谷に急行している。銀助！」

乞食頭の大男がのっそりとやってきた。蓑をつけ、笠をかぶっている。

「そろったか？」

「へい、お頭。こちらはいつでも」

「よし」

孫八は一休にむき直り、「銀助が先導する。女の名前は小弓。十六歳だ」

銀助が一休に笑いかけた。

一休は目の下の痣を撫でた。

# 七

「ほんとうにこの道でいいのだろうな？」

宗哲が言った。

「まちがいない」

日顕が答えた。「少し行った先の崖に、小屋へ上がる道があるはずだ」

二人は蓑ですっぽり身を覆い、笠をかぶっている。

明神谷の河原だった。

「二蔵に先を越されてはならぬ」

宗哲は人の背丈ほどある岩をふうふうと乗り越えながら汗をぬぐい、「越されたら俺たちは一巻の終わりだ。くそうっ、それにしても石ころの多い川だな」

「やつらは崖の上の道を行っているはずだ、愛宕山を修行場とする山伏たちが使うな」

「聞いたよ、その話は。十日前か？　その山伏が小弓らしき女をみたというのは」

「今日の午前《ひるまえ》に黒党衆の一人が聞きこんできて、二蔵に報告した。家族が死んで何年ものあいだ無人になっていた小屋から煮炊きの煙があがっていた、なかに目を怪我した若い女がいたと」

「ほんとうに小弓で間違いないのだろうな？」

「山伏の話では年恰好と顔かたちは一致している」

「その一緒にいた女というのは何者なんだ？」

「わからない。ただ、カマを振りあげて刃向かおうとしたそうだ」

「ただ者じゃないな。孫八の手の者かもしれん」

言いかけた宗哲は急に思いついた表情で、

「まさかその女、一休のこれじゃあるまいな」と小指をたててみせた。

「ばかばかしい。なんで一休の女が山奥の樵小屋にいるんだ？　おまえ、頭がおかしいのじゃないか？」

「まあいい。争っているときではない。先を急ごう。とにかくおまえは昔から一休に甘いからな」

明神谷の森が風に大きくどよめいた。

風が目の前の石を並べた小屋の屋根に吹きつけた。

それをみまもる黒い覆面姿の男たちがいた。人数は十数名ほど。崖縁と小屋のあいだに開いた狭い空き地に黙りこくってたたずんでいる。ほとんどの者が、笠と蓑のほかは頭から爪先まで黒ずくめで、鍔《つば》のない打刀をさしている。

無言で小屋をうかがっていた先頭の一人が、

「ここですな」

笠の縁をあげて背後をふりむいた。

「うむ」

山伏姿の男がうなずいた。睫毛の濃い背の高い男だ。二蔵だった。こめかみの青い筋をかすかにふくらませながら、小屋へ目をこらしている。

やがて、

「よし」

顎を引くと手をあげて合図をした。

男たちが蓑の紐を解き、笠を放り捨てた。小屋の前に足音一つたてずに散開した。

「皆、そのままここで待っておれ」

二蔵が無表情に言った。「すぐに終わらせてくる」

風が唸り声をあげた。小屋の屋根でぎしぎしときしむ音がした。

小弓は箸をとめると、不安そうに天井をみあげた。

「日が落ちたようですね」

腰をあげて窓に嵌めた風除けの板を確認したお蔦は、笑って囲炉裏端の夕餉《ゆうげ》の席にもどった。

雨がばらばらと屋根を打つ音がした。

「だいじょうぶ。この程度の風では倒れませんから。お代わりはいかがですか?」

「ねえ、お蔦さん」

「ええ?」

小弓は箸を使うお蔦に、

「怒らないでね。一蔵さん……死んでしまったのではないかしら」

お蔦の返事はない。

小弓は目に布を巻いた顔を動かし、

「だって、もう五つ月近くよ、すぐにもどると言ってでていってから」

お蔦の咀嚼する低い音がつづいている。

しばらくして、

「だからなんだと言うのです?」

お蔦の言う声がした。

「ええ……?」

「仮に一蔵さんが死んだとして、だからなんだというんです?」

「お蔦さん」

「小弓さんはあたしといると不仕合わせですか?」

「誰もそんなことは」

「いいんですよ、べつに」

「……」

「あたしが鬱陶しいのなら、言ってください。でてゆけと言われれば、いますぐにでもでてゆきます」

「……」

「あたしだって好き好んでこんな山の中にいるわけじゃないのだし。ときには都が恋しくなる日だってあるんです」

もちろん本気ではなかった。ほんとうになぜ今日は心がこんなにささくれだつのだろう？

思いながらもお蔦はなお突き放した棘のある口調で言った。

「どうなんです？　それならそうとはっきりおっしゃってください」

風が崖の上で森をどよめかせるのがわかった。


「お……あれじゃないか？」

宗哲が笠の縁をもちあげて言った。

「そのようだな」

薄闇の向こう、白茶けた崖に石段らしきものが刻まれている。石段の上の崖縁はそこだけ樹々がとぎれており、平地があるようだった。

「うん？」

石段をねめ回すように眺めていた宗哲がふと風にむかって耳をすました。「いま、上の方でなにか聞こえなかったか？」

「なにも聞こえなかったぜ。空耳じゃないのか」

「妙だな。たしかに物音が聞こえた気がしたんだが」

宗哲は首をひねると、空へ目を移した。「ちくしょうっ。また降ってきやがったぞ。増水したら厄介だ。急ごう」

二人は大きな岩のあいだを体をすりぬかせながら石段の足元の方角へ歩きはじめた。

戸口の方で小さな音がした。風の音のようだった。

お蔦は箸を使う手をとめた。

木の椀を手にしたまま、思い切った口調で、

「どうなんです？」

返事をうながすように小弓をみた。

そのときだった。戸口ががらりと大きな音をたてて開くのがわかった。

「小弓？　小弓だな？」

男の低い声が言った。雨粒まじりの風がどっと吹きこんだ。蓑をつけた山伏が立っていた。

お蔦は相手の顔もみず反射的に箸と椀を投げ捨てると、囲炉裏端のカマをつかみ、小弓に手を回しながら肩の後ろにかばった。

「小弓、わかるか？」

山伏の目はお蔦の肩ごしにのぞく小弓の顔にそそがれている。お蔦などまるで眼中にない様子

で、「俺だよ、二蔵だよ」

「二蔵？」

小弓が息をのむように小さく叫んだ。お蔦が、混乱する表情で小弓をふりむいた。

「そうとも。二蔵だよ。おまえを助けにきたんだ。一緒に逃げよう」

## 八

「おっ」

一休が銀助の横で急いで身を沈めた。森の木のあいだから視線をこらした。

目の前に空き地が開け、男たちの背中がみえた。ある者は腰をかがめ、ある者はじかに小屋の壁に体を張りつかせてじっと内部をうかがっている様子だ。足袋、刀の鞘まで黒一色で染めあげた集団だ。

「意外に少ないですな」

人数に目を走らせていた銀助が首をかしげた。「小屋の裏側にでも廻っているのかな？」

「なかに入っているのじゃないか？」

「うん？」

「入り口があいているからさ」

一休は小屋の入り口の両脇で刀を手に耳をそばだてる男たちへ顎をしゃくった。

銀助が顔を空き地の集団へむけたまま、腕をあげた。背後で乞食たちがいっせいに蓑と笠を脱ぎ捨てる気配がした。一休も笠を取り、蓑の結び紐を解いた。

二人のかたわらで空き地をみつめていた覆面姿の侍たちが刀をぬき、かついでいた槍を持ち直した。

少し離れた向こうにいた赤革包みの甲冑の雑兵が、中腰の姿勢で脚を踏んばると、弓をぎりぎりと弾き絞った。

「かかれ!」

銀助がふりあげていた腕をおろした。空き地の真ん中で銀助の声にふりむいた黒覆面の一人の眉間を、矢が貫いていた。どうっと大きな音をたてて倒れた。

黒ずくめの男たちの顔があっとこちらにむけられ、腰の刀をぬき放つのがみえた。槍の者はおらず、全員が打刀をたずさえていた。

乞食と侍、雑兵たちは口々に鬨《とき》の声をあげると、木のかげから飛びだした。あちこちから向かってくる敵と激しく刃を合わせはじめた。

「しまった」

崖の石段をみあげて宗哲が言った。「ああ、だから言わんこっちゃない。おまえのせいだぞ、日顕。おまえが女の出支度みたくのろのろしているからこんなことに……」

「ここまでだよ、宗哲。引きあげよう。すべては終わったんだ」

「なんだと？　勝手に終わらせるんじゃねえ。おまえ、上がってどうなってるかみてこい」

「ごめんだね。行きたければ、自分で行けばいい」

「そんなこと言うなよ。俺とおまえの仲じゃないか」

「断る」

「二万両、欲しくないのか？　殺すぞ」

一休が朱鞘の刀をぬいたとき、小屋から飛びだしてくる山伏姿の男がみえた。

一瞬、するすると吸いよせられるように体が男の方へ動いたのは一休の戦士の本能というしかなかった。

敵——。

といっても、一休が実際に人を殺したのは、数年前に丹波の山中で襲ってきた山賊の刀をやむを得ず奪って二人斬り捨てたときだけだったのだが。

山伏は蓑を投げ捨てると、錫杖を右手で風車のように一回転させた。シャキンという金属音が響いた。

錫杖の先に槍の穂先が光っていた。

二人は、向き合ったまま右廻りに廻った。山伏は小屋を背に、一休は少し離れた崖縁を背にした。

山伏が真正面から槍をくりだした。嘘のようにぐーんと伸びてきたとき、山伏の左脇にわずかな隙ができた。一休はくるりと体を回して相手の左胴を払った。

山伏も体を回転させて逃れ、こんどは一休が小屋を、山伏が崖縁の方を背に置いた。

山伏の顔にニヤニヤ笑いが浮かんだ。左足を踏みだした姿勢のまま、右肘を上げて上段の構えをとった。たしかに背丈は一休よりまさっていたが、なぜかまるで山の頂からのど元を狙われているそんな錯覚をおぼえた。

一休の本能が、襲ってくるだろう槍の穂先を、

（とにかく撥《は》ねあげろ）

と指示したそのとき、山伏の目が突然、あらぬ方向にわずかに動いた。

（かく乱するつもりか？）

一瞬迷った一休の視野を白いものがかすめた。白布を目に巻いた女が、もう一人の女に手を引かれ、守り刀を頭上にかざして飛びだしてきた。暗いうえに雨が降っているので、二人の顔はよくみえない。

気がつくと、一休は下段から地をかすめるように刀をすくいあげていた。

山伏がはっと女たちから目をもどし、錫杖を体の前で構え直したところを一休の刀は一気に撥ね飛ばしていた。錫杖が雨の闇の向こうへくるくると消えていった。

「うわっ」

宗哲は両手をあげて飛びのくと、回りながら落ちてきた長いものからあやうく身をかわした。錫杖が河原で大きな音をたてて跳ね飛んで止まった。先端に金属製の刃がついている。

「あぶないじゃないか」

宗哲が上にむかって怒鳴りあげた。「あやうく生命を落とすところだったぞ！」

山伏の体が神速《じんそく》に動いた。一休の刀が反動をつけて振りかかってくるのを認めるや、地を蹴って後ろに飛びのいた。

一休が刀をもどしたときには、腰の護摩刀をぬいて正眼に構えている。

双方、踏みこんで烈しい撃ち合いになった。切り立った崖と小屋に挟まれた狭い空き地である。敵味方合わせて三十人近く、文字通り肩のぶつかり合う乱戦となった。

金属同士の叩きつけられる音と焦げ臭い匂い、男たちの獣じみた怒鳴り声。足元はぬかるんでいる。

カマをかかげる女に黒ずくめの男が襲いかかった。侍の一人がすかさず背後から男を斬り捨てた。干した貝肉をむさぼっていた侍だった。

「ああ、いったいどうなっているんだ」

宗哲が両手を揉みながら熊のようにぐるぐる歩き回った。「日顕、おまえ、なんとかしろ！」

「なんとかしろだと？　いまさら、なにができるというんだ！」

日顕がわめき返した。「そんなにやりたけりゃ、自分でやれ」

一休の左側から勢いよくぶつかってきた男がいた。

よろけた一休に、誰かと渡り合いながら衝突した黒ずくめの一人が向き直った。やみくもに刀を振りあげてきた。

その瞬間、「――！」と男ののどから矢の先端が飛びだした。男は噴水のような血しぶきとともに声もなく一休の横に倒れ伏した。首の後ろに矢が突き刺さっていた。

女たちは、小屋を飛びだした勢いのまま崖縁に逃れていたが、一休の目には入らない。

一休は混乱の向こうに赤革の甲冑の男を捜した。弓をおろしてまた新しい矢をつがえるその男を一休の目がとらえるのと山伏がいないのを認めるのが同時だった。

（やつは――？）

黒ずくめの男を斃したさきほどの侍が、白布の女をかばってカマを振り回す女の手首をつかんだ。

背後に駆け寄った山伏が、ふりむいた侍を袈裟懸けに斬り倒すところだった。

一休は突進した。

山伏がこんどは自分にむかってカマを振りおろしてきた女の腕をとらえた。力まかせにねじりあげた。

一休は守り刀を構える女を間近にみた。思わずはっと息をのんだ。

（これは？）

似ている――。

そのときだった。

「小弓、俺と二人で逃げよう」

哀切な声が耳を打った。

一瞬、一休のなかで時が停まる感覚があった。

「一蔵はもういない」

「嘘！」

「ほんとうだ。これから俺が一蔵の代わりになる。おまえは俺と一緒に……」

「お願いだから、あっちへ行って！」

が、すべては刹那の出来事にすぎない。

山伏の背中に矢が突き刺さるのを一休はみた。山伏は衝撃に押されるように顎をあげ、白布の女と片手をつないでもがくカマの女にむかってつんのめった。

山伏の体が当たったはずみに、二人の女は声もなく背後の闇へ仰向けに並んだままゆっくりと倒れて消えた。

よろめきながらのぞきこんだ山伏が、

「――！」

言葉にならない言葉を発して谷底の闇へ飛びこんだ。

「おおっ！」

「ああっ！」

河原でみあげていた宗哲と日顕が一緒に叫んだ。

「しまった」

崖縁へ走り寄った銀助が配下の者たちをふりかえり、「下を捜せ」と指示を飛ばした。

赤革の甲冑の男が真っ先に石段の上に駆けつけた。

そうはさせじと黒ずくめの男の一人が斬りかかるのがみえた。

……

小半刻後（三十分後）。

崖下の河原で二蔵はしばらくのあいだ生きていた。

「豪安……いい加減にしろ」

虫の息の下でつぶやく声を一休は聞いた。

雨はやみ、狭い河原は銀助の手下たちのかかげる松明で溢れていた。

崖から少し離れたところにカマの女がいた。岩にぶつかったらしい、後頭部の裂け目からおびただしい血を流していた。女はカマのそばで目を見開いていた。

小弓の姿はどこを捜してもみつからなかった。

# 第四章　大詰

## 一

冬がきた。

街道沿いの田の畔《あぜ》で烏の群れが鳴いていた。

道端の枯れ草が弱日《よろび》のなかで風を受けている。

一休は懐手《ふところで》のままうそ寒そうに空をみあげた。庵をでるとき窓の下の南天がやけに赤く目に映った。南天の実が赤くふくらむ朝に烏が騒ぐと雪になるという言い伝えを思い出したのだ。

雲の多い日だった。が、雪の降る気配はいまのところない。

（あと半月で正月か）

京の商家はこのところ「運招き」の行事で忙しかった。竈《かまど》のある土間の隅に棚をつくる。蓮根、金柑など「ん」の字のつく食物に瓜や南瓜《なんきん》などの蔓物《つるもの》を合わせて飾る。「ん」は運に通じ、蔓物はつぎの年へと運をつなぐ縁起のよいものとされる。

ほかにも事納めや煤払《すすはら》いと京の街は正月を待つ年の瀬の行事に浮き立っていた。

が、一休の頭はその正月にはない。

明日のことだった。

(一晩明ければ)

一休は正午《ひる》少し前の山崎街道を歩きながら考えた。十七日の謙翁先生の祥月命日がやってくるのだ。

毎年、この日が近づくと一休はひどく荒れた。ただでさえ多い酒量が増え、無用の喧嘩沙汰が多くなった。

(我ながら、幼い)

だが、今年にかぎって一休はいつになくおとなしい。酒も呑まず、喧嘩もない。

代わりにおかしな夢をみた。たてつづけにだ。

大津のいつかの納屋の夢だった。二十一歳の一休がいた。闇のなかへでてゆく誰かを追って納屋を飛びだす。するとそこは断崖で、真っ逆さまに転落する。河原でなぜかぺしゃんこにつぶれた平家蟹《へいけがに》になるところで目が覚めた。

「明神谷で人を殺《あや》めたたたりじゃないのかね?」

そう言ったのは孫八、二日前の煤払いの日のことだった。人を殺める現場へ呼びだしておきながらしれっと言うのである。

「かもしれないな」

一休はなげやりに答えた。

「平家蟹というのがわからん」

「わかればあんたもご同類だということになるじゃないか」

一休は笑っている孫八に口をとがらせ、「それに殺めたのは一人だけだったし」

平家蟹は昔知った誰かの顔に似ている気がしたが、いくら考えてもわからなかった。

孫八はなにを子供っぽいことをという表情をしたが、

「周吉も礼を言っていたよ。よしなに伝えてくれとな」

「よしなに、ねえ」

周吉は例の赤革の甲冑の雑兵の名前らしい。

二人の女が崖から墜ちた直後、石段の降り口で男は背後から敵の一人に襲われた。それをみた一休があわやというところで斬り捨てたのだ。

赤革の甲冑の男はそのあと敵たちとみずから刀をぬいて戦った。

「弓だけでいい、斬り合いには加わるなと言いふくめておいたのだがね」

孫八はおかしそうに言った。徒兵《かち》同士の小人数の戦闘では弓雑兵は刀や槍の応援にあたる。斬り合いには味方がよほどの劣勢にならないかぎり参加しないのが普通である。

「その後また出入りに雇ったのかい？」

「いや。あれきりだ」

「そうか」

仁平寺の農家に引きあげたとき、赤革の姿はもうなかった。孫八の子分たちにまじって最後まで熱心に松明片手に河原の上流や下流を捜す赤革の姿が思い出された。

あの雨の晩。敵の手勢は背後からの不意打ちに大混乱におちいった。かれらが死に、あるいは傷ついて動けなくなって戦いが終息したのはそれから少しあとのこと。そのあいだに小弓は、(何者かによって連れ去られた)

「もし死んだとわかったら、わざわざかついではゆくまい」

農家で一休たちの報告を聞いた孫八は言った。「その場に置いて行っただろう。よほどの訳がないかぎりはな」

「すると、あんたの見立てでは小弓はまだ生きている?」

「いや、生きていた」

孫八は淡々と言った。「そして、そいつは小弓を自分の手で蘇生させられると考えた。俺にいま言えるのはそこまでだ」

風が街道の砂ぼこりを舞いあげた。

(それにしても)

一休は目をそばめながら記憶をなぞり返した。(あの小弓という女は何者だろう?)

なるほど小弓はお冴によく似ていた。お冴だと言われれば信じたくなるほどに。

むろん彼女はお冴ではなかった。ただ、奇妙なことに、お冴以上のなにかに一休には感じられた。お冴以上の大切ななにかに。

（なぜだろう？）

一休はあれから何度首をひねったかわからない。お冴に対するうしろめたさのなかで、小弓の顔を思い出すたびに胸がしきりにざわつき、狼狽のあまり孫八にも明かせなかった。憂さの積もったあげく、

（変な夢をみたにちがいない）

そう、そもそも小弓とは何者なのか。

なぜ追われ、誰に連れ去られたのか？

小弓のいた小屋からは砂金の小袋がでてきた。

小弓をかばって死んだあの若い女が豪安の一味となんらかのかかわりがあった者であることはまちがいないように思える。

（ただ……）

あの日、発見されたのは砂金だけではなかった。死んだ二蔵の懐から眠り薬がでてきたのだ。

それも驚くほど多量のである。

銀助から受け取った眠り薬の匂いを嗅いだ孫八は言った。

「そもそも今回の出入りに眠り薬は要らない。相手は女二人だ。小弓といる女は殺せばいいし、小弓にしろ眠らせる必要などはない。当て身をくらわせて気絶させればすむ話だ」

「どういうことだ？」

「ほかにいたということさ」

「眠らせたい相手がか？」

「うむ」

「わからんな。いったい誰を？」

「そうだな」

孫八は一休の言葉に少し考えたあと、「たとえばの話だが、豪安のもとへ引きあげる途中にどこかで一休み。ふるまい酒に混ぜて配下の者たちを眠らせる――こんな筋書きでどうかね？」

「裏切り、か」

「これも言えるのはそこまでだよ」

傷の手当てを受ける乞食や侍たちの喧騒のなかで孫八は笑った。「それ以上はたしかめようがない。肝心のご本人が死んだいまとなってはな」

雨の河原で二蔵は生きていた。

蓬髪を嬲る街道の風のなかで、

「小弓、俺と二人で逃げよう」

あのときの二蔵の声が帰ってきた。

「お願いだから、あっちへ行って」と懇願した小弓の声には単なる怯えだけとは思えない響きがあった。

小弓と二蔵のあいだには二人にしかわからないせっぱつまった心のあやがあった。それは二蔵にとって仲間には決して知られて欲しくないものだった。

動かなくなった二蔵の、

「豪安、いい加減にしろ」

といういまはの際のつぶやき。そこには耳にした誰もがぎょっとするほどの憎しみの響きがこもっていた。そう、あの日、二蔵は小弓を捕らえにきたのではない。救いだしにきたのだ……。

桂川の土手にでると、対岸の郷村地帯の風景が広々と開け、西山の峰の連なりがにわかに大きくみえた。

正面の一番高い峰が小塩山。南へなだらかに下る稜線のすぐ向こうは浪華《なにわ》の海がひろがる摂津の国の平野だ。

桂川を越えた山崎街道はやがて摂津の国の北の山麓をぬけて西国の入り口、西宮をめざすことになる。

川の手前の土手を下流の方に折れた。少しゆくとみおぼえのある水車の堰が目に映った。地侍の屋敷は雑木林のかげに隠れている。水車のかたわらに人影が動くのがわかった。

## 二

「あっ、なんだ？　あれは」

日顕が窓辺で薬研《やげん》を押す手をとめて言った。

土間で薬草を煮ていた宗哲が薄曇りの空へ目をやって、

「ああ、朝鮮凧だよ」

「朝鮮凧？」

「豊漁祈願のために、毎年年の瀬が近づくと、瀬田の唐橋のそばで漁師たちがあげるんだ、何日ものあいだね」

日顕は茫然と寒空を舞う巨大な凧をみつめた。

「でかいだろう？　琵琶湖の周辺はもともと朝鮮人が切り開いた土地だから。なんでも元々は唐《とう》の漁民たちの神祭りの風習で、その頃は人を括りつけてあげていたらしい」

「人を？」

「海神《かいじん》に捧げるいけにえだよ」

「ふむ」

「祭りの最後に飛ばした凧の綱を切って海に落とす。いけにえがサメに食われれば翌年は豊漁、食われなければ不漁、とそんな話だったそうだ」

瀬田の唐橋は琵琶湖の西岸の松林の南端に位置していた。橋から少し入った松林のそばに神亀《じんき》岩《いわ》という注連縄《しめ》を張った岩があり、祭のあいだは凧の綱を巻いてくくりつけておくという。

突然、空の一角で雷がくぐもった音をたてた。

近くの伽藍山《がらんさん》の方角だ。

首をすくめた日顕は、

「一切有為法
如夢幻泡影
如露亦如電
応作如是観察……」

口のなかで『金剛般若経』の雷封じの経文の一節を唱えた。この世界のあらゆるものは夢や幻、露や稲妻の光のごとき儚い空《くう》なるものとみよ、というよく知られたくだりである。『金剛般若経』は二人の師の謙翁が好んだ経典だった。

「おまえは昔から雷が苦手だったな」

宗哲はくっくっと笑い、「あの凧が雷神を呼びよせたのかもしれない。琵琶湖は荒れだすかもな」

「近江の冬はきびしいと聞いている。薪のたくわえは充分あるのか?」

「薪のたくわえだと?　いまさらそんな必要がどこにある」

宗哲は奥の小弓の寝顔へ顎をしゃくり、「俺たちはこれを片づけてさっさとおさらばだ。目覚めさえすれば、砂金の隠し場所を吐かせられるのだからな」

小弓はすやすやと眠り呆けている。小鼻に脂が浮いていた。

三月前。二人は小弓をかついでやっとの思いで明神谷を脱出した。嵯峨の社の裏につないでおいた駄馬にのせると、深夜の都を東へ急いだ。

東海道の逢坂山《おうさかやま》の峠道を避け、北寄りの山中の間道をたどって大津へぬけた。大津へでる最短距離だったが、雨にぬかるんでいるうえ、一歩間違えれば谷底に滑り落ちる危険な道だ。

日顕と宗哲はそのあいだ言い争いのし通しだった。

「こんなことをしてなんになる?」

「うるさい。なるからやってるんだ」

「理屈になってないぞ!」

「仏道は理屈じゃない。謙翁先生が言ってたじゃないか」

「どこが仏道だ!」

日顕はわめいた。「耐えられん。俺は下りる」

「下りたきゃ下りろ!」

宗哲はわめき返した。「一文無しになって一人で生きてゆけ」

「言っておくが、宗哲、おまえに良い来世はないぞ」

「来世より馬の口をしっかり取れ。谷に落ちるじゃないか」

小弓は馬の背で死んだようにぐったりとしている。

「おまえとは大津でお別れだ。おぼえておけ！」

そう叫んでみたものの、いざ大津に着いてみると、どこにもゆくあてがないことを日頭は発見したのだった。

「悪党に追われている。かくまってほしい」

宗哲の頼みに驚いた昔の修行仲間たちは親切に親戚や知り合いのあいだを駆け回り、使われなくなった小屋を借り受けてくれた。

小屋は大津を南へ下った蛍谷《ほたるだに》という谷を入ったところにあった。伽藍山という小山の裾にはりついた陰気な谷で、山を越えれば古刹《こさつ》の石山寺が屋根を連ね、朝となく夕となく響いてくる鐘の音がうるさいほどだ。

小屋は小道をはさんで苔蒸した古い地蔵が密集する林に面していた。宗哲は天気のよい日は小屋の前で刀の稽古をした。京から小刀しか帯びてこなかったのを不安に思った宗哲が小屋の持ち主にかけ合い、盗賊退治ようにもっていた野太刀の一本を譲ってもらったのだ。

小道を少し東へたどった先が瀬田川の堤で、目の前に瀬田の唐橋がのびるのがみえた。

瀬田川は琵琶湖から流れでる唯一の川、橋は中州の上を東西にまたいでいる。橋を境に北側を琵琶湖、南側を瀬田川と呼ぶのが古くからのならわしで、川はやがて宇治川と名を変えながら多くの流れを集めて浪華の海に至る。

橋の北側に立てば足元から満々と水を湛えて扇状に開く湖面の広がりがのぞまれた。

小屋は土間と板間の二間の粗末なもので、小弓は板間の奥の壁ぎわに茣蓙《ござ》を敷いて寝かされていた。目には布が巻かれている。

「一蔵さん……」

小弓の寝返りをうつ気配とともに寝言が聞こえた。

宗哲と日顕は顔をみあわせた。が、結局、寝言はそれきりだった。頭のなかでなにが起きているのか、ときおり耳をすますような表情で顔をかたむけている。

三月前。三人が小屋にたどり着いた翌朝。

「くそっ、どういうことなんだ」

宗哲はうろたえたように叫んだ。小弓は一晩たってもいっこうに目を覚ます気配をみせなかった。宗哲が肩をつかんでゆり動かし、頬をはたいても死んだように動かない。

ただ、呼吸だけは規則ただしくおこなっていた。血色も悪くないようにみえた。

「どこかで頭を打ったのかもしれん」

数日後、宗哲は暗い顔で言った。「しばらく様子をみることにしよう」

だが、案に相違して、そのままひと月過ぎてもふた月過ぎても小弓は目を覚まさなかった。

気がつくと冬がきていた。

「どうなってるんだよ、いったい」

この日も宗哲は日顕にむかってこぼした。「傷はとっくに癒えているはずなのに、なぜ目を覚まさないいんだ？」

小弓の体はいくら調べても手足のかすり傷以外はみあたらなかった。

それどころか、ぐったりと動かなかったのは着いたその日の晩までのこと。翌日からは頻繁に寝返りをうち、真夜中にすっくと立ちあがったと思うと、両手を突きだし、なにかぶつぶつと口にして首をふりながら部屋のなかをぐるぐると回ったりした。「くわばら、くわばら」と言っているようにも聞こえたが、なにがくわばらなのかはよくわからなかった。

そのくせ宗哲が話しかけても口をきかなかった。

「そろそろ年貢の納めどきなんじゃないか？」

日顕はこの日も土間から小弓を未練がましくみやる宗哲に、冷ややかに言った。「それとも、一生この子のお守りをしてすごすかい？」

「おまえのそういうところが気にくわんのだよ」

宗哲は言った。「高みからみおろすその物言いが」

「高いところは嫌いじゃないけどね」

「いまに滑り落ちるぞ」

「落ちてもいいさ、生きていればな」

明神谷のあの日。小弓は女に抱きかかえられながら崖から落ちてきた。だから助かったのだ。二蔵は河原に転落したあとすぐに手足を動かした。なにかつぶやきながら小弓に這い寄ろうとした。宗哲が二蔵を蹴り飛ばし、「こうこなくちゃ」と小弓を蓑の肩にかつぎあげた。

「さあ、この隙に逃げよう、早く！」

日顕をせきたてたのだ。

「しかし、二蔵たちは崖の上で誰とやり合っていたのかな？　気配から察して相手方もかなりの人数がでていたようだが」

「言っただろう？　孫八が小弓を狙っていると」

「一休を背後であやつっている乞食の元締めか？」

「豪安はそうみている」

「しかし、なにかが間違っているな」

「なにかって？」

「すべてがだよ」

宗哲は孫八と同じ言葉を口にした。「だれもがとんでもない勘違いをしている気がする」

「それは最初からだろ」

「うむ……」

「豪安は一蔵と小弓とおまえは一心同体だといまだに考えている」

「一心同体ねえ」

宗哲はざまあみろという表情で歯茎を剥きだし、「しかし、まさかおまえまでが俺と一緒に裏切るとは思わなかっただろうな、あの狂犬も」

「喜んでいる場合じゃないだろう。豪安は狂っているが愚かではない。あんまりなめていると痛い目にあうぞ」

「一蔵さん……」

また小弓の床で寝言が小さく洩れたので、宗哲は体についた薬草を払って土間から枕元へ上がった。

「小弓？」

小さな顎をつかんでゆすった。反応はない。

「夢をみているようだな。どんな夢なのやら」

横からのぞきこんだ日顕に宗哲が言った。

「おまえの霊術でもわからないのか？」

「あいにくとな。いくら俺でも眠っている相手には術のかけようがない」

言いかけた宗哲は急に黙りこむと、寒さにひび割れた唇をなめた。小弓の顔をじっとみおろしながら、

「待てよ。この小娘、ひょっとしてすべて勘づいたうえで……」

また雷の音が轟いた。こんどのものは以前より近く、床からびりびりと震動が伝わった。日顕が落ち着きなく尻をもぞつかせ、頬を掻いた。

そのときだった。

小弓の表情に変化が起きた。

「砂金、砂金が……」

ふいにうわずったように口走った。胸をぜいぜいと大きく波立たせている。日顕と宗哲は顔をみあわせた。

日顕と一緒にのぞきこんだ宗哲が急いで、

「小弓？　どうした？」

両肩に手をかけようとした。小弓がすさまじい勢いではね起きた。

「うわっ」

宗哲と日顕ははずみで後ろに手をついた。

「ここ……ここはどこ？」

小弓は緊張した面持ちであたりをみまわすと、別人のようにはっきりした声で言った。上御霊社の豪安屋敷にいた頃二人が耳にしたのと同じ声だった。

「小弓、ひょっとして、おまえ」

宗哲の言葉を聞いた小弓の顔にけげんそうな色が浮かんだ。

「小弓？　誰のこと？」

「誰って、おまえのことじゃないか」

「そんな人、知らないわ」

小弓はぶっきら棒に言った。

「えっ」

「あなたは、いったい誰なの？」

小弓は腹をたてたように言った。「どうして、ここにいるの？」

しばらくのあいだ小弓を凝視していた宗哲ははっとした顔になった。

「そうか！　そういうことか」

目を輝かせてうなずいた。「ちょっときてくれ、日顕」と日顕の袖を引いて土間の隅へいざなった。

「みたか？」

「みたよ、もちろん」

「いいか。小弓は崖から落ちた衝撃で記憶を喪ってしまったんだ」

「記憶を喪った？」

「うむ。それが、さっきの雷の音がきっかけで……」

また雷鳴が轟いた。小弓は眉間をぎゅっと皺寄せ、両手で耳をふさいだ。

宗哲はほくそえむようにうなずきながら、

「どうやら、おまえに似て雷が苦手らしいぞ」

「しかし、そんなことって、ほんとうにあるのか？」

半信半疑の声をだした日顕に、

「珍しくもない話だよ」

「もっとも、俺が知っているのは若狭の巫女の話だがね。目の前で御神木の楠に雷が落ちるのをみて記憶を喪った。俺に言わせれば、人間の記憶ほどあやふやでいい加減に出来ているものはない」

「しかし、記憶を喪ってしまったら、砂金のありかを吐かせようにも手がなくなるじゃないか」

「だれにものを言ってるんだ？　手ならあるじゃないか」

「……」

「霊術だよ。いま、『砂金』と口にするのを聞いただろう？　小弓の記憶は消えて無くなったわけではない。心のどこかに迷いこんでしまっているだけなんだ。それなら霊術をかけて引きだしてやればいい。二三日もあれば充分だろう」

宗哲は愉快そうに笑った。「どうやら雷が俺たちに運をはこんできたようだぜ、日顕」

日顕はあたりをきょろきょろとみまわしている小弓を眺めた。気のせいか人間らしい表情がもどってきたようにもみえる。

「そのあとはどうするんだ？」

「え？」

「首尾よくおまえが砂金の隠し場所を探りだしたとする。小弓はどうなるんだ？」

「どうもこうもない」

宗哲は言った。「卵を産んだニワトリに用はない。絞め殺すだけさ、心からの感謝をこめてね」

三

心なしか風が冷たくなった。

石原村のはずれの堤でつむじ風が淡い渦巻をあげている。

雲の厚さは増したようだったが、それでも小塩山の上に青空が小さな井戸を開くのがみえた。

この日一休が石原村にやってきたのは河原でぺしゃんこになった平家蟹の夢をみたせいだった。

今日でみるのは何度目だろう？　目を覚まして考えるうちに、なんだか無性に大津へ飛んでゆきたくなった。なぜ大津なのかはわからない。すると、

（大津に行ってどうする？）

という声が聞こえた。葛藤のあげく……記憶の蔓がみえないところで動いて、石原村をのぞいてみることにしたのだ。

（ばかばかしい）

と思う気持ちがないわけではなかった。が、ほかに行くあてもなかった。

門から眺めると敷地の内に人の気配はなかった。

屋敷の入り口の戸は閉まっている。

一休は少し離れた堰の水車をふりかえった。気むずかしそうな顔をした禿げ頭の職人の親爺が二人の若者に低い声で指示をくれている。

水車の修繕らしい。

（親子だな）

顔つきや体つきからそう見当がついた。

「ちょっと尋ねるが」

一休の声に親爺がふりむいた。

「いま、誰かいるのかい？」

一休は屋敷を日指ししてみせた。

親爺は一休の腰の刀を一瞥したが、無愛想に首をふると、すぐに若者たちに顔をもどしてしまった。若者たちは腰まで水に浸《つか》らせながら、こちらも無関心にせっせと木槌《きづち》で楔《くさび》を打ちこんでいる。

「ふむ」

一休はわけもなく法衣の肩を少したくしあげた。

「邪魔したな」

言うなり敷地を横切った。

入り口の戸に錠はおりていなかった。足を踏み入れたまま、しばらく立って薄暗い内部に目をこらす。

ひっそりとしている。

一休は土間に上がった。目の前の廊下を慎重に奥まですすむと、突き当りの部屋の戸は閉まっていた。耳をすまして室内の気配をうかがってから、がらりとあけ放った。調度らしい調度もない殺風景な部屋だったが、とくに荒らされている形跡はない。俊次という下っ端の子分が案内したのがこの部屋だった。

そして、奥の間の戸が開き、地侍のなりをしたお冴が姿をみせたのだ。

それから一休はお冴と十七年ぶりに一夜を過ごした。

いや、この言い方は正確でないかもしれない。十七年前、二人が共にした時間はあまりに短かった。お冴は夜が明けるずっと前に去ってしまったからだ。

燭台は一休の記憶と同じ場所に立っていた。火は灯っていない。

一休は俊次の倒れていたあたりに目をやってから、奥の間とのあいだを仕切る戸をあけた。ここにも異変があった様子はなさそうだ。やはりきれいに掃き清められている。奥の間の向こうの廊下は縁側に通じていた。

(まるで主人が帰ってくるのを待つような)

一休が思ったそのとき、背後で殺気がふくれあがった。

一休は反射的に刀を抜いてふりむいた。目の前に飛んできた短刀を払い落とした。

禿げ頭の親爺が自分の顔の前に細身の刀を縦にかまえて立っていた。左足を少し踏みだし、みるからに堂に入った腰の入れ方、足のさばき方だ。

一休が少し右に廻りこむと、相手は年恰好からは想像がつかない猫のようなすばやさで右へ廻った。

(場数を踏んでいる)

灰色の目を据え、口角を吊りあげていた。笑っているようにみえるが、そうではない。野獣が歯を剥くときの表情だった。

「なにかの間違いじゃないか。ええ?　おたがい無意味な殺生は」

やめた方が、と一休が相手の気勢をそぐようにのんびりと口にしかけたとき、廊下側の戸が勢いよく蹴倒された。若者が飛びこんできた。こちらは、景気はよいが足音がむやみに大きい。

「それで?　あとの一人は?」

とこれも最後まで言わせず、二人目の若者が親爺の脇をすりぬけるやいきなり振りかぶって斬りかかってきた。

それより先に相手の目線の外に足を踏みだした一休の刀が空を切った。上がったままの若者の腕をつけ根からすくいあげて切り飛ばした。

悲鳴を発して奥の壁に激突した若者をよけながら最初の若者が刀を突きだしてきた。一休はかろうじてその刃先をくぐりぬけた。

一休は相手の肩を突き上げるように体当たりすると、奥の間の縁側につづく戸板を踏み倒して庭へ飛びだした。

気がつくと、親爺が植込みのそばでいつのまにか正眼の構えをとっていた。なんとなくゾッとした。

無傷の方の若者が追ってきた。転がるように縁側から飛びだすと、大きく息をしながら刀をもつ肘を上げて一休をみすえた。一休は縁側の下の若者と植込みの方の親爺と左右に敵を受ける形になった。

奥の間から苦しげなうめき声が聞こえた。

一休の右側の若者が邪気を払うように、

「ノウボウ・アラタンノウ……」

大声で唱えはじめた。

（えっ）

すると親爺が、

「凡所求事、当誦一百八遍」

唱和するように応じた。一休はなんだか邪鬼になったような気分に襲われた。

「タラヤタララヤ・ノウマク・アリヤ」

「即百千事成、更無別有神呪」

一休は陀羅尼と経文の誦唱にはさまれる格好になった。さらに一層邪鬼になったような気がした。植込みの縁に沿って、双方へ目を配りながら移動すると、若者が突っこんできた。一休はかわした。こんどは右手に親爺、左手に若者を受ける位置に立った。

「バロキテイ・ジンバラヤ・ボウジサトバヤ」

「及此如意輪王陀羅尼者」

（如意輪観音陀羅尼——）

「キエーイ」

親爺が、二人同時に斬りかかる合図だろう、甲高い威嚇の一声を放った。

「やめた」

若者と同時に刀を振りあげた親爺を押し止めるように片手を突き出した一休は、刀を腰におさめた。

「どうも、さっきからさっぱり気が乗らない」

「……」

「間違った相手を斃そうとしている気がする」

一休は顎をなでて言った。「あんたの方はどうだい？」

親爺の方が、呑みこんでいた呼吸をわずかにもどしたのがわかった。それでも刀先はおろさない。

「じつは人を捜しているんだ」

「……」

「お冴という女なのだがね」

親爺の目にかすかに浮かんだ不審の色を一休はみのがさなかった。

「近江にいた頃からの知り合いなのさ」

一休は刀を構える若者に屈託なくうなずいてみせると、建物をちょんちょんと指さした。

「会う約束があってきてみたら血の海だった」

「出家がなぜ打物《うちもの》をさげている」

親爺が言った。修羅場で人を指揮した経験のある者特有の覇気のある声だった。

「最近の出家は説法より出入りの方に忙しくてね」

一休は笑った。「このあいだも明神谷で一悶着あった。ああ、知らないと思うが、愛宕山の方のちっぽけな谷だよ」

親爺の灰色の目は用心深く動かない。

「女の救出に駆りだされた」

「……」

「縁もゆかりもない女なのだけどね。小弓という」

その瞬間、親爺の表情に驚きが走った。虚を突かれたようにぎくりとし、それを隠そうと眉根をけわしくした。が、すぐに不思議そうな表情がとってかわった。親爺はしばらく下唇をなめていたが、ふいと刀をおろした。

「おい」

一休の左側で刀を構える若者に目くばせをした。若者は憎々しげに一休を睨んだが、刀をおさめると足早に奥の間に消えた。

「話を聞かせてもらおうか」

「ふむ。あんたは知っているんだね？　小弓についてなにか」

「それを聞いてどうする」

「知りたいんだ」

「なぜ」

「あんたが知っていそうだからだ。初めてなんだ、小弓を知っている人間に会うのは」

「なにも知らんさ」

親爺は突慳貪《つっけんどん》に言った。

「うん？」

「俺が知っているのはあの子が堀川の小橋のたもとに捨てられるまでだ」

「なんだって？」

## 四

上御霊社の豪安屋敷。

「なにがどうなっているんだ」

豪安が太極図を背に厭味っぽく一座をみわたして言った。「この三月、そろいもそろってなにをしていた。三月だぞ」

皆、うなだれていた。

上座の中央に明服の豪安。盃を手にしている。

お冴と山城屋吉兵衛が両脇を固めていた。

豪安はかなり酔っている。

お冴はかたわらに重厚な造りの革包みの刀をおき、仕立てのよい武者袴をはいていた。両手の爪をこすり合わせては、あくびまじりに黒党衆をみおろしている。

吉兵衛はむっつりと唇を曲げ、火鉢の灰を掻いていた。

庭にむかって大きく縁が開いた板の間。下座につめかけた黒党衆のなかで年かさの一人が面をあげた。

「われわれとしても八方手をつくしているのですが」

「よけい悪いじゃないか。なあ？　お冴」

お冴は手を動かすのをやめ、うなずく代わりに、うってかわって凄みのある目でギロリと黒党衆をみた。

「ははあっ」

年かさの子分以下、一同平蜘蛛《ひらぐも》のように這いつくばった。

「とにかく砂金だよ」

吉兵衛が火箸の頭をぎりぎりと押して吐き捨てた。「ぐずぐずしていると、役人が鼻を突っこんできて面倒なことになる。ほかのことはどうでもいい。とにかく砂金だ」

「それにしても二蔵はとんだへまをしてくれたな」

豪安はお冴にうながして酒をつがせ、「すべて自分におまかせをなんて言っておきながら、全部無茶苦茶にし、腹を切る間もなくさっさと死んでしまったわい」

「まあ、誰が二蔵に指揮をまかせたのかという問題はあるがね」

吉兵衛は豪安をあてこするように、「ただ、明神谷のやつの采配はひどかった。女二人に大人数は要らないというやつの主張を入れたこちらも粗相だったが、そのあげくがあの有り様だ」

「やつは小屋のなかでなにを話していたのかな」

「入り口の外にいた配下の者が一人生還したのですが」

年かさの黒党衆の男が言った。「声は聞こえたものの、なにをしゃべっているかまではわからなかったようです」

「まったく、最初から一気に皆で踏みこめば小弓は生け捕りにできた。いま頃は砂金を取り返せていたんだ。まるで失敗するためにおこなったようなものじゃないか」

吉兵衛が言った。

「そこだよ、吉兵衛」

豪安が言った。「一蔵のことはやつがガキの時分から知っているがね。案外、やつは俺のことをひそかに憎んでいたのかもしれないな」

吉兵衛が豪安をみた。

「小弓をわたしに差しだした自分に嫌や気がさしていたのかもしれない」

豪安は考え深そうな目で、「人一倍忠誠心の厚い男だと思っていたが、一蔵と同様、いつかわたしの寝首をかいてやろうと爪を研いでいたことも考えられる、肚のなかではな」

「あんたは正気にかえるとむしろ怖くなるな」

吉兵衛が言った。

「うん？」

「いや、こっちの話だ」

お冴が爆笑した。

お冴にへつらい笑をした年かさの黒党衆の男が、

「あの小弓をかくまっていた女、あれは何者だったのでしょうかね？　あの日、明神谷に行った者たちのなかに、以前地下牢から逃げた立ちんぼに似ていたと申す者がおるのですが」

「あれはたしか倶利伽羅峠の少し前の頃の話じゃなかったかね？」と吉兵衛。

「はあ。錠が外側からはずされていました。誰かが逃がしたのだと思われますが、倶利伽羅峠のあとのごたごたと重なって追及できずじまいで」

「小弓かもしれんぞ、吉兵衛」

「小弓？」

「小弓が恩を売って仲間に引きこむつもりで逃がしたのかもしれん」

「ふむ。そういえば日顕は二蔵が小弓の居場所をつかんだ直後に姿を消した。あいつを通じてこちらの動きは筒抜けだったのかもしれん」

「良い世の中ではないね、裏切者が流行る世の中というのは。なあ？　お冴」

豪安は抱き寄せたお冴の首筋をなめて、「おうおう、今日もいい味をだしている。おまえは絶対に百まで生きるよ。都一の名医が言うのだからまちがいない」

「百まで生きるのはあんただろう」

吉兵衛が言った。「なあ、しつこいようだが、小弓の死体はほんとうにみつからなかったのだな？」

「はあ」

年かさの黒党衆は、「つぎの日河原を捜させたところ、二蔵とその小弓といたという女の二人だけが埋葬されていました」

「ふむ」

「葬ったのは孫八の一味でしょう。女の方は頭を割っていました。二蔵は配下の者の報告通り、矢で背中を射抜かれていた。孫八の一味のなかに一人、やたらに弓の達者な雑兵がいたらしい。出入りのあと連中はだいぶ長いあいだ河原の一帯を捜し回っていたそうです」

お冴が豪安の腕のなかで退屈そうに両手の爪を磨きだした。

「小弓はその女と一緒に落ちたんだよな？」

「ええ、わたしも崖をみましたが、あの高さから落ちてとても無事ですんだとは思えません。途中に体がひっかかる木もみあたりませんでしたし」

「じゃあ、小弓はいったいどこへ消えたんだ？」

「まったくです」

「まったくですじゃないだろう」

吉兵衛は火箸を投げ捨てて叫んだ。「他人事のような口をきいている場合か、ええ？　何年黒党衆をやってるんだ。なにもかもがもう手遅れかもしれないのだぞ」

「面目ございません」

「まあまあ、そういきりたつなよ、吉兵衛」

豪安は余裕ありげに、「すべては年の内にかたがつく。砂金四万両はわれわれの手にもどる。まちがいなく無傷でな」

「やけに自信たっぷりじゃないか。なぜわかる」

「勘だよ」

豪安はこめかみをとんとんとさし、「わたしの勘がそう教えている」

「あんたの勘ねえ」

「盛大なる厄落としだよ」

豪安が盃で黒党衆たちをさし、「明日十七日の消災会《しょうさいえ》には黒党衆も参加させる」

「お冴さんのお披露目かね?」

「うむ。皆、別人のようなお冴をみることになるぞ」

豪安は上機嫌に、「きれいどころもそろえ、大徳寺から日顗に代わる坊主も呼んで、陀羅尼も読ませるんだ。厄が落ちれば、すべての光景が変わるだろう」

「ツキまで落ちなければいいが」

吉兵衛が言った。

## 五

どこか遠くで雷が鳴っていた。

岩屋の縁に手をかけ、入り口に膝をついたとき、あたりはすでに薄暗かった。

一刻前（二時間前）。

一休は石原村でお冴の秘密を知った。大津の納屋の出来事がもたらした帰結のすべてを。

一休は逃げるように屋敷の門を飛びだした。

そのあとどこをどう歩いたのかわからない。

気がつくと、西金寺の廃墟に一人でたたずんでいた。

手についた泥を払う。岩屋の天井や壁に目をやりながら足を踏み入れようとしたとき、爪先になにかが当たるのがわかった。

一休は拾いあげた。

顔の前にかざしてみると、貝殻だった。二枚貝の片割れ、蓋の方の一枚だ。表面が少し焦げている。

鼻に近づけて匂いを嗅いだ。

「仙露香、か」

（交わったのだな）

一休は深呼吸した。

岩屋の奥の窪みに目がとまった。窪みの壁にきっちりおさまるように徳利と二つの盃。盃は几帳面に重ねられてある。

(なにもかもきちんと片づけねば気のすまない男だった)

一休はあらためて岩屋の内部をみわたした。こんなに狭い座禅場だったのかと思った。

また雷の音がした。

ふと蘇る記憶があった。

西金寺のそばの林が黄金色に染まった晩秋のある日。

林のなかのいつもの空き地。風にざわめく木洩れ陽の下で、日顕は微笑を浮かべて、頭上にかかげた棒をぐるぐると回していた。

一休は十七年前のその日の対戦のことをよく覚えている。この稽古の日、日顕はとっておきの新技を一休にぶつけてきたのだ。

目にしたことのない棒術の技に面くらい、動揺した一休は木刀の先を迷わせた。

するとその迷いをみすかすように、棒が頭上から振り落ちてきた。日顕は二間(約三・六メートル)近く先の地面に突き立てた棒を支点に虚空に舞いあがり、体を一回転させた。

あっと思ったときには、日顕の飛び蹴りの足の裏が大きく目の前にきた。

夢中で払おうとした。次の刹那、斜めから襲ってきた棒に一休は首のつけ根をしたたかに打たれた。息もできずに木刀を落とすと、地面に手をついていた。

「なんだ？　いまのは」

呆れたようにみあげた一休に、まるで武芸者のように気取った重々しい口調で日顕は答えた。

「蹴変《しゅうへん》の術と呼んでもらおうか」

「蹴変の術？」

「驚いたかい？」

日顕は屈託なく笑った。「ちょっとしたものだろう？　この前思いついたんだ」

一休は日顕が差しだす手をつかんで立ちあがった。

「おぼえておけ。つぎにやるとき笑うのは俺の方だからな」

首をさすりながら言ったのだ。

謙翁が亡くなるひと月前のことだった。翌日、日顕は円忍も打ち負かした。その後、謙翁の病が重くなり、看病に追われた三人のあいだで対戦の機会は二度と訪れなかった。

雷の音がした。

一休はふと我に返ってあたりをみまわした。そのとき白くちらつくものに気がついた。

京の家並みの上を雪が舞い飛んでいた。

一休は岩屋の縁にでた。

（そういえば）

一休は日顕と円忍の二人と昔ここに坐り、雪で白くなる京の街を眺めたことがあるという気がした。そのとき一休は思ったのだ、（この時が永遠につづけばいい）と。たぶん日顕と円忍も。

雪は降りやまず、誰も口をきかなかった。

それとも、あれは夢のなかの出来事だったのだろうか？

また雷の音が聞こえた。

雷は東山の遠くで鳴っていた。

## 六

翌日。

京の都は朝からの雪に塞《とざ》されていた。

林のなかを走る日顕がいた。

日顕は間道を下った。いつか宗哲と大津へむかって言い争いをくりかえしながら逃げた間道だ。

粉雪の舞い飛ぶ雑木林を息をはずませてぬける。

家並みが目の前に開けた。碁盤の目の都は白一色に染まっていた。

日顕は大きく息を吐くと、走るのをやめ、両膝に手を置いた。

面をあげ、額の汗をぬぐったとき、

「痛い〳〵」

風のなかで円忍の声がした気がした。「俺を殺す気か？」

日顕に棒を当てられ、笑いながら稽古着の脇をさする円忍がいた。

黄金色の葉のざわめきに包まれた十七年前の林の空き地。

よく晴れた秋の午後のことだった。

「おまえ、選ぶ道を間違えたのじゃないか？」

円忍がからかうように言った。

「俺の武術は護法のための一時の便法さ。俺は死ぬまで坊主だよ」

日顕は棒をかついで微笑した。「おまえこそ、どうなんだ？」

「そうだな」

円忍は言った。「たぶん、ずっと坊主だよ。たとえ謙翁先生のようにはなれなくてもね」

日顕は睫毛を打つ雪に目をしばたたかせた。

上御霊社の林に目をこらす。無数の雪が舞い散る遠くで白い靄《もや》がなにもかもを掻き消している。

すべては別世界の出来事だったような、そんな気がした。

（いや、もしかしたら）

日顕は思った。俺はほんとうに夢をみつづけていたのかもしれない。（あるいはいまこの瞬間《とき》も）

小半刻後。

寺の門をのぞきこむ日顕の姿があった。

薄暗くなりだした狭い境内で雪がやまない風に音もなく煽られている。

(俺が逃げだしたと知って、宗哲はどんな顔をしただろう?)

日顕は笑いを噛み殺した。あたりをうかがったが、人の気配はない。本堂の周囲に人の足跡がついていないのをたしかめた。

急ぎ足で境内を横切った。入り口の戸をあけると、寺をあとにする前に焚いたいつもの白檀の香の匂いがぷんと鼻をついた。

日顕は入り口のそばの槍掛けを探った。槍はなかった。

(――――!)

混乱した日顕の目に、須弥壇の前の竹牀に立てかけてある棒が映った。

日顕は考えるように唇を噛みしめた。少し呼吸を置いて、須弥壇をみやりながら土間を渡った。棒に手をのばした。

そのとき薄闇のなかでキラリと光るものがあった。

鼻先に勢いよく槍の穂先が突きだされた。

かろうじてかわした日顕は槍の柄を握る男の黒袖の腕をつかんだ。間を置かずに二本目の槍がくりだされてきた。日顕は男の腕を取ったまま体ごと背にのせて、なおも襲おうとする槍の石突きの側の闇にむかって投げつけた。

「うわっ」

二人の男は折り重なって土間に倒れた。

棒を拾いあげようとしたとき、それが倒れた竹牀の下敷きになっていることに気がついた。

「ヒャーア!」

奇声とともに須弥壇の端を飛び越えた三人目の男が、槍で日顕の肩の前を突こうとした。

前かがみの姿勢からすんでのところで体を回した日顕は、勢い余ってつんのめってきた男の顔面に肘をくらわせた。

槍を奪い取ると、起きあがりざま腰の刀をぬいてきた相手の腹当の上の隙間に突き刺し、ねじ回した。

（いまここで死ぬわけにはゆかない）

脇から、

「ヒャーア!」

声を放って突っかかってきた四人目の黒袖の槍を撥ねあげた日顕は、外へ飛びだした。

（まだ残っている。俺にはやりたいことがまだ）

日顕は小路の向こうへ走りでた。

「待てえーっ」

背後で男たちの声がした。

槍をかついだ日顕の背は衣をひるがえしながら、降りしきる雪のあいだにみえなくなった。

## 七

その頃。

四条大路の山城屋の屋敷。

「曩謨《ナム》、三満哆母駄喃《サマンダーモトナン》」

重々しい読誦の声が雪の庭に流れていた。

「阿盋囉底《オハラーチイ》、賀多舎《コトシャー》、娑曩喃《ソノナン》」

奥の間にきらびやかな袈裟を着た僧侶が一人。しつらえられた須弥壇の不動明王にむかって陀羅尼を唱えている。

庭に面した座敷の縁側につめかけた黒党衆たちの背がみえた。全員が僧侶の背にむかって神妙に手を合わせていた。年かさの頭の男もまじっていた。なかにはぶつぶつと一緒に陀羅尼の文句を唱える者もいた。

奥の間と縁側にはさまれた座敷に豪安のでっぷりとした明服の背中が浮かんでいた。

向かって右側にお冴、左側に山城屋吉兵衛。お冴は侍烏帽子をかぶり、直垂《ひたたれ》の袴をはいて、きりりとした武者の姿だ。
周囲を着飾った妓《おんな》たちがとり囲んでいた。
不動明王の脇には墨で人の顔を描いた板が二枚、並べられているのが目を引いた。
「怛姪他《トージートー》
唵《エン》、佉佉《ギャーギャー》、佉呬佉呬《ギャーキーギャーキー》
吽吽《ウンヌン》
入嚩囉《シフラー》、入嚩囉《シフラー》……」
消災会は年の終わりに一切の災厄の除去を願ってもよおされる祭。唱えられる慣わしの「消災呪」は除去の願いを九曜の星にむかって送り届けるための陀羅尼だ。
九曜とは水星、金星、火星、木星、土星に彗星（流れ星）、太陽と月、日蝕や月蝕をもたらす羅睺《らご》星の九つをさす。なかでもこの時代、羅睺星はあらゆる災厄を地上に振り撒く悪神の凶星として恐れられた。
「盋羅《ハラ》入嚩羅《シフラー》盋羅《ハラ》入嚩羅《シフラー》
底瑟姹《チシュサー》底瑟姹《チシュサー》
瑟致哩《シュシリー》瑟致哩《シュシリー》
娑発吒《ソハジャー》娑発吒《ソハジャー》
扇底迦《セチギャー》、室哩曳《シリエイ》……」

難字だらけのこの陀羅尼を和訳すれば、「大いに輝け、大いに輝け、安らかにとどまれ、安らかにとどまれ。星よ、星よ。開け、開け。吉祥なれ」となる。

「消災呪」の陀羅尼は宋から元にかけての中国で流行し、日本には鎌倉時代にもたらされた。

本来は国王、大臣などの貴人から富者、貧者を問わず最底辺の庶民にいたるあらゆる人々の災厄を取り除くための陀羅尼だったが、日本ではとりわけ朝廷を外敵や身内の裏切者から守るという面が注目され、「護国の陀羅尼」として用いられることになった。

「消災呪」の陀羅尼が都が下剋上の危機に見舞われた室町の乱世でかつてなく熱心に唱えられることになったのは自然のなりゆきといえただろう。

が、この陀羅尼の効験はそれだけではない。

式のあいだに敵の画像をかかげる。不動明王の前で「消災呪」の陀羅尼を唱える。すると陀羅尼の力は不動明王を動かし、聖なる憤怒の力を借りて災厄をめでたく敵に移転できるとされた。

よくみると、二枚の板にはそれぞれ宗哲と日顕の似顔絵が描かれている。

「つまらん！」

突然、怒号が響きわたった。豪安だった。

僧侶がびくりと肩を震わせるのがわかった。

「盔羅入囀羅盔羅《ハラシフラーハラ》……」

読誦の声がおどおどと消え入りそうになった。

「やめ、やめい！」

豪安は立ちあがると僧侶の後襟をつかんだ。

「わっわっ」

座敷の真ん中にずるずると引きずりだした。

「恥をかかせやがって。なんて下手くそな陀羅尼なんだ」

板の絵へ顎をしゃくり、「これじゃあ、災厄を相手に移すどころか、こっちに還ってくるぞ。不調法にもほどがある」

「たしかに、日頭の陀羅尼とはくらべものにならんよな」

吉兵衛が首をぐるぐると回して冷たくうなずいた。「いまさらながらあいつのすごさがわかる、認めたくはないがね。それでどうする？　豪安。首でも切り落とすかね？」

「ご、後生ですから、お助けを！」

「刀汚しになるだけだ。黒党衆！」

豪安はぶるぶると震える老僧をさして、「いますぐ裸にして放りだせ」

「はっ」

「ひいっ、豪安様、どうかお赦しを」

泣きわめく僧侶の法衣を二人の黒党衆が寄ってたかって剥ぎ取った。庭に蹴り落とされた僧侶は、尻を両手で押さえて逃げだした。

「みろ、あの貧相な痩せた尻！」

豪安は憎々しげに吐き捨てた。「みているだけでツキが落ちそうだ。さあ、皆で呑み直すぞ！」

座敷で宴会がふたたびはじまり、妓たちが大きな徳利を手に酌をして回りはじめた。

「まったくあれで林下の名僧だというのだから呆れるよ」

豪安が妓の酒を盃に受けて言った。

「うむ。この頃の坊主は品《しな》が落ちるやつばかりだな」

吉兵衛は盃をなめて、「ひと昔前までは、謙翁のような上品《じょうぼん》も探せばみつけられたものだったがね」

「誰だね？　それは」

「日顕の師だよ。西金寺で仕えていた」

「西金寺っていまはどうなってるんだ？」

「とっくの以前に潰れたよ」

「悪は栄え、善は滅ぶ。時代だな」

「顔をみてしまうな、あんたに言われると」

「うん？」

「いや。それにしてもこの二人」

吉兵衛は舌打ちまじりに日顕と宗哲の絵をみて、「もう京の近辺にはいないんじゃないかな。

孫八はとっくに小弓を捕えて砂金を手に入れたかもしれん」

「そう思うかね？」

「弱音は吐きたくないが、そんな気がしてきたよ」

「ふっふっふっ。聞いたかい？　お冴よ。吉兵衛さん、あんなことを言ってるよ」

「ええ、豪安様」

「なんだね？　二人してその気になる笑い方は」

「じつはその件についてお冴の方から報告《はなし》があるんだ」

「報告？」

「それも消災会にふさわしい最高の厄落としになる報告がな」

豪安は余裕たっぷりうなずき、「孫八の一味はまだ小弓をみつけていない。なあ？　お冴」

「はい、豪安様」

お冴は、きょとんとした顔の吉兵衛に向き直ると、微笑した。膝をすすめ、小首をかしげて、

「ご安心ください、吉兵衛殿。孫八はこの三月のあいだ、必死に小弓の行方を追ってきましたが、手がかりらしい手がかりをつかんでおりません」

「驚いたかね？　わたしが調べさせたんだよ」

豪安は小気味よさそうに笑い、「半月ほど前、お冴から申し出があってね。自分には孫八の一味と長年やり合ってきた昔の仲間がいると」

吉兵衛と黒党衆たちが顔をみあわせた。お冴は目をきらきらさせている。

「しかもその仲間が縄張り争いの際に買収した孫八の手下もいるとな」

「ほう、それで？」

吉兵衛が身をのりだした。

「お冴、教えてやりなさい」

「はい。孫八の配下に銀助という者がおります。孫八の右腕をつとめる男ですが、孫八の長年の横暴に恨みをいだいており、わたしの仲間が落としました。その銀助が言うには、孫八は最近では越前や摂津にまで探索の網をひろげたが、いままでのところ小魚一匹かかっていないと」

「どうだい？　ちょっとしたものだろう」

豪安は満足げに一座をみわたし、「それだけではない。お冴は日顕についても銀助から聞いてきた。二つほどな。お冴？」

「明神谷の出入りがあった日の午後、嵯峨の清涼寺近くの農家の夫婦に馬を借りたいと言ってきた二人連れの坊主がいたということです。一人はえらの張った人相の悪い男、一人はみたこともない美男の坊主だったそうです」

「だれが考えても宗哲と日顕だろう？」

「夫婦の話では、亭主の方は渋ったものの美男の坊主に同情したおかみさんが亭主の尻を叩いて貸してやった。結局馬はもどらず、おかみさんはあとで亭主に殴られたそうです」

「醜男《ぶおとこ》は馬一頭借りられないというわけさ。おおかた二人で小弓を簀《す》巻きにして運んだのだろう。それだけではない」

「これはついこのあいだ孫八一味がつかんだ話ですが、孫八の町尻小路《まちじりこうじ》の縄張りに唐紅《からべに》屋という香品をあつかう店があります。明神谷の騒ぎの前々日、日顕らしい坊主が姿をみせ、仙露香を買い求めたそうです」

「仙露香ってケツに塗りこんで気持ちよくさせるあれか？」

「発情期の牡《おす》鹿が分泌する液からつくる特殊な香だよ」

豪安が引き取り、盃をもてあそびながら、「代表的なものとしては天竺産と雲南産が知られるが、雲南産は廉価《れんか》だが混ざり物が多い。ただ、逆にその雑味がたまらないといって好む通の者たちもいる。どちらであれ、塗りこむ前に貝殻の器の上でよく練りあげ、炙って、香りをださねばならない」

「うんちくは要らないから！」

「日顕と宗哲はいとなんでいたんだ」

「いとなんでいた？」

「二人だけの愛の巣を」

「今日は似合わない言葉ばかりだな。しかし、宗哲にそっちのけ・があるようにはみえなかったな」

「猫をかぶっていたのさ」

豪安はお冴を抱きよせて顎をつまみあげ、「二人はかげでこんなことをやっていた」と唇を尖らせ、ちゅっちゅと吸い合った。

「正面からかね？」

「どうかね？　別人のようなお冴をみることになると言った訳がわかっただろう？」

「まあねえ」

「ここは決断のしどころだ」

「決断？　なんだか不吉な気分になってきたな」

「もはや、この場に、お冴を二蔵の後釜に据えることに異議のある者はおるまい？」

吉兵衛ががっくりとうなだれている年かさの黒党衆の男を指さした。

「おるまいが、いちおうは皆に諮《はか》った方がよくはないかね？」

豪安は盃を捨てると、げっぷをしながら立ちあがった。

「聞けいっ、黒党衆！」

「はあ」

「男が女を支配する時代は終わった」

「はあ？」

「日本は天照大御神《あまてらすおおみがみ》のお開きになった国だ。日本はこれから女性《にょしょう》の国になる。俺の勘に狂いはない。今後はお冴が鵜匠《うしょう》になり、おまえたちが鵜となって泳ぎ回る。お冴の言葉は俺の言葉だ。兵貴神速《へいきじんそく》、戦いの勝敗は一瞬の遅速で決まる。一同、心してお冴の綱さばきにしたがい、一層の忠勤にはげむように！」

「ははあーっ」

一同、ひれ伏した。

「牝鶏《めんどり》歌って家滅ぶにならなきゃよいが」

吉兵衛がぶつぶつと盃をあおったとき、外の縁側でばたばたと足音がした。

「何事だ。騒がしいぞ！」

黒党衆の一人が飛びこんできて片膝をついた。

「豪安様、日顕が現れました。やつの寺です」

四条大路の角の方角を指さした。

「なんだって？」

腰を浮かした吉兵衛を豪安が制した。

「それで？」

「一人殺られました。日顕はいま槍を奪って逃走中とのことです」

# 八

「お冴からその後連絡は？」

孫八が言った。

「ここ二三日はありません」

銀助が答えた。「豪安の懐刀としてなにかと忙しいようです」

「つまり、おまえと同じ立場になったというわけだ」

「あっしはお頭を裏切りませんぜ」

「だといいが」

孫八は笑って、「唐紅屋に日顕が立ち寄った一件は？」

「すでにお冴に流してあります」

「小弓をわれわれが発見していないということも？」

「知らせました、もっともらしい色をつけて。うまくすれば、豪安のお冴に対する信頼は絶大なものになるでしょう」

「うまくさせるほかないさ」

孫八は言った。「芝居はどうやら大詰にきている。決して怪しまれてはならぬ。眠り薬を使う山伏の兄弟がいるという噂は耳にしていたが、まさかこんな形でかかわることになろうとはな」

「それを言うなら、豪安や山城屋だって同じでしょう」

「そうだったな。で、一休の方は？」

「一人で動き回っているようです。昨日、桂川の堤を歩く姿をうちの若い者がみかけました」

「石原村か」

「たぶん」

「お冴の身の安全は図らねばな」

「一休にはいつ明かすんです？」

「うしろめたくなってきたかね？」

「いや。ただ、いつまで蚊帳《かや》の外に置いておくのかと」

「それはどうかな」

孫八は面白そうに、「存外、蚊帳の外に置かれているのはわたしたちの方かもしれないよ」

「……？」

「子供には負けるということさ」

孫八はいぶかしげな銀助に、「蜻蛉《とんぼ》釣りに夢中になった子供が迷いこんだ森で宝物をみつけたりする。宝物探しに血眼になる大人を尻目にな」

「ははあ、一休は子供ですか」

「さてね」

孫八は直接答えずに言った。「わたしは以前一休と業《ごう》について話したことがある」

「業……？」

「わたしは尋ねたんだ、『世間で人間の逃れられぬ業とよく言うが、業とはなんのことなのか？』とな。一休はしばらく考えてから、『矛盾』と答えた」

「ふむ……」

「わたしにはむずかしい仏の教えなどわからない。が、これを聞いたときはなぜかわかった気がした。仏の教えではなく一休という人間がな」

孫八は微笑った。「一休は宝物をみつけだすだろう。だが、そのときやつはそれと引き換えになにか大切なものを失わねばならない、そう、業をもつ人間の一人として」

「なにか大切なものって？」

「それはわたしにはわからない。わかっているのは、銀助、そのときがどうやら近そうだということだよ」

孫八は言った。

# 第五章　旅立

## 一

日が暮れても雪はやまなかった。

西金寺の境内だった。

本堂の瓦礫の前に座り、経を唱える日顕の背中があった。

雪の地面に黒ずんだ小さなものがみえた。四つある。灰の塊だった。灰を四方の隅に盛って正方形の結界をつくり、真ん中で熱っぽく読経の声をあげている。

雪明りのなかそれはどこか現実味を欠いた、舞台の上の光景のような雰囲気をたたえていた。

読まれている経は、日顕の声に耳をすましてみるまでもなく『般若心経』だと知れた。

『般若心経』は禅宗が最もよく死者の供養に用いる経典の一つだ。全文で二百六十二文字という簡潔な仕立ての経典で、「空」の教えを説く散文の主要部分と末尾の短い陀羅尼に分かれている。

「色即是空
　空即是色
　是諸法空相
不生不滅……」

よどみなく散文を読み終えた日顗は陀羅尼の一節に移った。

「羯諦《ギャテイ》、羯諦《ギャテイ》、波羅羯諦《ハラギャティ》
波羅僧羯諦《ハラソウギャテイ》、
菩提薩婆訶《ボジソワカ》
般若心経」

経文をしめくくる経題を唱えた日顗は、しばらくのあいだ無言でうなだれていた。

はじめのうち塑像《そぞう》のように動かなかった肩が、呼吸とともにわずかに上下しはじめるのがわかった。

その規則的な動きは気がつくと相手の呼吸を読む動きに変わっていた。

日顗の右手がゆっくりと雪の上にのびた。

「謙翁先生の逝った日はいつも雪になるな」

一休は日顗の背中に言った。「ここならば会えると思ったよ」

日顗は矢のようなすばやさで立ちあがり、一休に向き直っていた。槍を高々と頭上にさしあげ、上段に構えている。

「やり合わねばならないのか？　日顗」

「おまえだってそのつもりできたのだろう、一休」

一休は腰の刀をぬく気配をみせない。そろりそろりと右に廻りこんだ。日顗も廻りこみ、庫裏の跡をはさむ形になった。一休が刀をぬいた。

次の瞬間、日顕の衣のたもとがひるがえった。怪鳥が舞うように大股に跳躍して、庫裏の礎石の一つに足をつくや、一休ののど元めがけ槍を突きだした。

日顕の躍動感にあふれた身のこなしはなるほど舞を連想させずにはおかない。が、その動きは、地べたに足の裏を密着させたままの日本の舞というより垂直方向の跳躍を特徴とする西洋の舞踏にむしろ近い。ただ、宣教師たちがこの国の人々の前に姿を現わす百二十年近く昔の時代、一休はもとより日顕本人さえもそうと知るすべはなかった。

日顕の槍が襲ってきた。

飛びすさった一休の目の前で、こんどはその槍が一瞬日顕の背中に消える。と思った刹那、右肩の上に現れた槍が一休の左目めがけて突きだされていた。棒術の技と組み合わさった独特の日顕の槍の間合いだった。

一休はあわてて右へかわした。

日顕は手をゆるめない。

息もつかせず同じ攻撃をくりかえし、右へ右へと逃れた一休は、いつのまにか井戸のそばへきていた。

日顕の動きがとまった。

微笑を浮かべる日顕がいた。

一休は日顕の頭上でゆっくりと回りはじめる槍をみた。

時の蒸発する不思議な感覚があった。

（そうだ、あのときも）

音の絶えた世界で記憶が帰ってきた。

十七年前のあの秋の午後。日顕は微笑しながら棒を頭の上で回していた。まるで一休を幻惑するように、誘いこむように。

今、雪明りのなかで槍は回りつづけていた。気がつけば、雪片を追い散らすように烈しく空を切っている。

（そうだ、俺はこれに惑わされたのだ）

記憶をたぐりよせた一休は槍から視線をそらした。早くも膠《にかわ》から引きはがすような気力が要った。井戸の井筒が目に入った。一休はことさらに井筒をみつめた。そのときなんとはない違和感をおぼえた。

それからさほどの間はなかったと思われる。一休の視野の隅で日顕の槍が頭上から落ちてきた。槍の石突きを地面に突きたてた日顕がそれを支点に舞いあげた体を虚空で高く回転させる

——が、それより先に一休は腰だめの姿勢で地面から飛びあがっていた。

一休は刀の腕を開きながら井筒の縁の上を蹴るや、日顕より高いところで体を頭から回転させた。

回転しおえる寸前、早くも回転をすませた日顕の踵が一休を襲おうとした。

するとその先に一休の顔はなかった。

虚空で刀をふりあげる一休がいた。交錯する日顕を袈裟がけに斬りおろしていた。たしかな手応えがあった。

日顕はどうと雪煙をあげて地面にひれ伏した。槍が手から離れ、転がった。うつ伏せになった体の下からみるみる鮮血がひろがって雪を染めた。

地面に膝をついた一休は肩で息をしながらふりかえった。

「日顕」

返事はない。

一休は刀を投げ捨てて駆け寄ると、日顕の体を仰向けにした。腕のなかにかかえあげた。

日顕は瞑っていた目をあけた。

「俺の負けだ」

微笑してつぶやいた。「宗哲は間違っていたな」

「宗哲？　なんのことだ？」

「あいつは昔言ったんだ。俺に稽古で負かされたとき、『おまえは選ぶ道を間違えたのじゃないか』となあ。武術の道を選ぶべきだったということだろう。だが、俺は坊主の道だけじゃなく、結局、武術の方でも……」

「おまえだけじゃないよ、日顕。俺たちは皆どこかで道を間違えてしまったんだ」

一休は言った。

「おや、蝶が」

日顕は雪の向こうをみて頬をほころばせた。「あんなところに」

一休はしばらく日顕をみまもった。蝶は日顕の心のなかできっと飛んでいるのだ、いつまでもひらひらと、
二匹、
いや三匹。睦《むつ》み合うようについたり離れたりしながら。

「なあ、一休」

「うん」

「おまえ、小弓を捜しているのか？」

「そうだな」

「それは砂金のためじゃなく」

「大事な人なんだよ、日顕」

「そうか。それを聞いて嬉しいよ」

日顕は静かに言った。「小弓はいま大津にいる」

「大津に？」

「……宗哲と一緒だ」

日顕の声がかすれはじめた。

「日顕」

「……宗哲は小弓に……記憶を取りもどさせようとしている……砂金の隠し場所を小弓から……蛍谷を入ってすぐ……地蔵林の前の小屋……小弓は宗哲を裏切って」

一休はあえぐ日顕の頬をはたいた。

「日顕、だいじょうぶか？」

「俺は……ただ……自由になりたくて」

日顕の顎がゆっくりと上がりだすのがわかった。そのときがきたようだった。

「日顕、経を読もうか？」

一休は言った。「俺の下手な経でよければ」

閉じかけていた日顕の瞼が薄く開いた。

「『般若心経』がいいか？　どうする？　それとも……」

「経はもういい」

日顕は言った。「雪を食わせてくれないか？」

雪をすくいあげた一休は、日顕の口にそっと押しこんだ。

日顕がわずかに口を動かすのがわかった。

微笑みながら一休の頬に触れようと腕を伸ばしかけた。一休がその手首をとろうとしたとき、日顕の腕の動きがとまった。目が焦点を失い、腕がだらりとさがった。

風が林の方から井戸端をかすめてひゅうひゅうと吹きつけた。一休はこれと同じ風の音をいつか耳にした気がした。が、いくら耳をすましてみても、林のざわめきはもう聞こえてこなかった。

一休は日顕の唇の端についた雪をぬぐった。凍りついた瞼を指で押しさげた。

## 二

一刻半後――。

一休は孫八と向き合っていた。

孫八はすでに床についていたが、厭味一つ言わず一休を部屋に迎えいれた。

「で、亡骸は？」

ひととおり話を聞いた孫八は言った。

「埋葬したよ」

「西金寺の境内？」

「いや、林の空き地だ。俺たちがいつも稽古をしていた」

「そうか」

「近くに西金寺で通いの下僕をしていた爺さんの家があってね。爺さんはとうに死んでいたが、息子がいて鍬を借りた、事情は訊かないでくれと言ってね。まさか俺が殺したとは言えないだろう？」

一休はじっと耳をかたむける孫八に言った。「息子は見も知らぬ俺だったのに、なにも言わず埋葬を手伝ってくれた。昨日の石原村からほんとうに色々なことがあったよ」

「覚悟しておくんだな」

「え……」

「これからはもっと色々あるぜ」

孫八は言った。「すると小弓は宗哲と一緒にいるんだな？」

「記憶を失くしていると日顕は言っていた。おそらく小弓は……」

「明神谷だな」

「うむ。崖から落ちたはずみのことだろう。小弓はそのとき砂金の隠し場所の記憶を失くした。宗哲は小弓に記憶を取りもどさせようとしている」

「霊術、かね？」

「宗哲は倶利伽羅峠の襲撃のあと豪安を裏切った。おそらく豪安から自由になるためにね。そしてこんどはその宗哲が小弓に裏切られた。小弓は砂金の箱とともに行方をくらましたんだ。そのあと日顕は」

「宗哲の仲間に引き入れられた」

「豪安から自由になりたい一心でな。だが、結局、宗哲のもとを逃げだしたんだ、宗哲にあやつられるのを拒み、自由を得ようと」

「一休、おまえはいまひどい顔をしている」

「わかるかい？」

「声を聞くだけでな。身も心もずたずたになった、そんな人間がだす声だ」

「悪いかね？」

「悪くはない。ただ、間違っている。一休、おまえは日顕に勝ってはいない。勝ったのは日顕だよ」

「なんだって？」

「おまえ、日顕と闘っている最中に妙な感じを受けなかったか？」

「妙な感じ？」

一休ははっとした。

「十七年前の稽古で日顕がおまえを打ち負かしたと言ったな。おまえは、その後日顕を破る手だてを一度でも考えたのかい？」

「いや。それどころじゃなかった。あのあと謙翁先生が亡くなり、俺は西金寺をでた。それきり日顕と対戦したことすら忘れていた。昨日の夕方、泊の岩屋へ行くまでは」

「おかしいじゃないか。おまえは日顕に敗れて以来、一度も日顕を破る法について考えなかった。それなのに、なぜ勝てたんだ？　十七年前と同じ技をしかけてきた日顕に」

「まさか……日顕は」

「そのまさかだよ」

「……井筒」

「うむ」

「日顕は初手から俺を押しまくった。俺は気がつくと井戸のすぐそばに立っていた」

頭上でぐるぐると槍を回しはじめる日顕の姿が蘇った。

「やつは微笑っていた」

一休は記憶をなぞった。

（あのとき……俺は恐怖に身がすくみそうになった）

日顕が宙に舞いあがる。頭上から襲ってくる……一休は幻惑されまいと、回る槍から必死に目をそらした。するとそこに井筒の縁が。

雪のなかに静まる井筒が脳裡にちらついた。

「訊くが、井筒の縁は雪をかぶっていたかね？」

「いや……」

井筒の縁に雪はかぶっていなかった。四方にあるものは皆雪を積もらせていたのに、それはひどく目につく形でそこにあった。

「誰かが事前に雪を払っておいたんだ」

　孫八が言った。「そしてそれはおまえの目の前にあった」

（そう、まるでそばに追いこまれた俺を誘うように）

「一休、日顒は賭けに勝ったんだ」

　一休は面をあげた。

「人生最後の二つの賭けにな」

「二つの賭け？」

「おまえが西金寺に現れるだろうという賭け。そして、十七年前の言葉通り、こんどは自分を打ち負かしてくれるにちがいないという賭けにな。亡き師の供養は、日顒のなかでもはやおまえに逢うための口実にすぎなかった」

「……」

「日顒は、一休、おまえに人生のけりをつけてもらいたかった。自由になりたかったんだ、なにもかもから」

「じゃあ、俺は、今日……」

「そうだよ、おまえは日顒の望みをかなえてやったんだ。だからうちのめされる理由などどこにもない。おまえは日顒を救ってやったのだからね」

孫八は、無言のまままみかえす一休に言葉をあらためた。

「日顕は、宗哲に仲間がいると言っていたか？」

「いや。ただ、小弓と二人でいると」

「お冴と小弓の関係については？」

「なにも。俺も話さなかった」

「ふむ。日顕が知らないとするなら、宗哲も気づいてないということだな」

孫八は考える表情で、「豪安の屋敷でお冴と小弓の関係に気づいている者はいない、お冴一人を除いては」

「お冴一人？」

一休は孫八を凝視した。「どういう意味だ？」

「すべてを明かすときがきたようだ」

孫八は冷えた茶をゆっくりとすすった。茶を置くと言った。「お冴は豪安の屋敷にいるよ、あの男の女としてな」

「なんだって？」

「おまえは小弓を救いださねばならない、お冴に力のすべてを貸すことでな。なぜなら、一休、おまえがお冴を救いだす道はそれ以外にないのだからね」

一休はこの夜、夢をみた。暗い海のなかを泳ぐエイの夢だ。

みたこともない巨大なエイだった。よくみると両手両足をひろげた人間が括りつけられていた。なにやら泣きわめいている。

「なんなんだ？　これは」

夢のなかで言う一休の声がした。

「すぐにわかるさ、すぐにね」と答える声がした。日顕の声のようだった。

三

同じ夜更け。

豪安の屋敷。

庭の四方に篝火が焚かれていた。

縁側の低い欄干に革足袋の片足をのせてゆっくりとみまわすお冴がいた。

お冴は当世袖に草摺《くさずり》の鎧姿で、双籠手《もろごて》を嵌めた手に刀を握っている。錣《しころ》や眉庇《まゆびさし》のついた兜こそかぶっていなかったが、背中に紅い総角《あげまき》を結び隙なく固めた凛々しい姿は、『平家物語』にでてくる巴御前のようだった。

斜めうしろに、須弥壇の脇侍《わきじ》のように並んで控える豪安と吉兵衛の顔がみえた。

真昼のような明るさのなかで、お冴のよく通る声が響き渡った。

「宗哲は小弓たちに裏切られた」

庭の黒党衆たちのあいだを驚きのどよめきが走った。

「宗哲はその後、近江に逃亡した。いまは大津の小屋にひそんでいる」

「どうだね？　お冴の武者ぶりは」

豪安が吉兵衛をかえりみて言った。「たいしたものだろう」

「まあ、いまのところはな」

「少なくとも二蔵のやつとは大違いだ」

「しかし、小弓が宗哲をこけにしていたとはな。一蔵が知恵をつけたのかな？」

「ああいう手合いたちの考えることはわからんものだよ、われわれ常人にはな」

「ま……まあな」

「小弓は明神谷で頭に怪我を負った」

お冴が黒党衆たちをみわたしてつづけた。「宗哲は記憶を喪った小弓に術をかけて、砂金のありかを聞き出そうとしている」

「術って、例のあれか？　明伝来の秘術とかいう」

「うむ。やつご自慢のな」

「ほんとに効くのかねえ。去年の飢渇祭で妓たちを烏にさせてカアカア鳴かせたのには驚いたが。こんどは記憶だろう？」

「油断は禁物だよ、吉兵衛。世の中は化け物だらけと思った方がいい」

「大津にはすでにわたしの古い仲間たちが先行している。われわれは後を追い、いったん集結して隊をととのえたのち合流して隠れ家を囲む」

お冴はつづけた。「襲撃はおそらく明晩になる」

「だいじょうぶなのだろうな、お冴の連れてくる仲間とやらは」

吉兵衛が疑わしげに、「しょせん、盗賊の輩なのだろう?」

「その盗賊の輩がわれわれに先んじて宗哲をみつけだしてきたではないか。孫八の一味もつかめなかったやつの隠れ家を」

「うむ……」

「宗哲は他人のカネを平気で盗むとんでもない人間だ。悪い狐の巣穴を嗅ぎ当てるのが上手いのは悪い狐たちさ」

「俺としては砂金さえもどればなにも言うことはないのだがね」

「……もう一度くりかえす。われわれの目的はあくまで小弓を生け捕りにすることである。宗哲は殺してよいが、小弓には決して手をかけてはならぬ。くれぐれも忘れぬように。よいな?」

「御意《ぎょい》!」

「では、出立の時までしばし待つように」

お冴の檄《げき》が終わるのを待つように、篝火の脇にひかえていた女たちが黒党衆に景気づけの酒をふるまいはじめた。

「豪安様？」

お冴が豪安の前に片膝をつき、首をかしげた。

「いや、見事、見事」

豪安はお冴の頬をほたほたとはたき、「おまえをみていると、庭のあの男どもがでくの坊の群れにみえてくるよ。なにか欲しいものはないかね？」

「孫八たちの動きだが、ほんとうに問題はないのだろうな？」

吉兵衛が気づかわしげにお冴に言った。「よもやわれわれの先手を打つことは……」

「ご心配にはおよびません、吉兵衛殿。孫八は銀助を呼びつけてははっぱをかけているようですが、最近では下からあがる情報もめっきり減って、当たり散らしているそうです」

「器が知れるよなあ」

豪安はくっくっと笑い、「ほんとに馬鹿だよね、その銀助から自分らの動きがこっちに筒抜けになっているとも知らずに」

「例の一休とやらの方は？」

「とくになにも。あの坊さんは砂金には興味を失っているかもしれませんよ、吉兵衛殿。若い頃からなにをするにも気が多いところのあった男のようですし」

「そうなのかね？」

「と、聞いております。よくはわかりませんが、孫八に言われて小遣い稼ぎに興味半分で鼻をつっこんでみた。たかだかその程度の話だったと考えてよいのではと」

「ふむ。それにしても、日顕はどこに消えたのかな？」

吉兵衛は女の一人に注がれた盃をなめて、「やつが現れたと聞いたときは、わたしの屋敷に斬りこむつもりかと肝を冷やしたが、あれはなんだったんだ？」

「おそらくは内輪もめではないでしょうか？」

「内輪もめ？」

「宗哲は、ごぞんじの通りくせのある人間で、これまでもまわりとぶつかることの多かった男です。なにがあったかさだかではありませんが、日顕の方は放っておいてよろしいのではないかと」

「日顕などは取るに足らない雑魚《ざこ》だよ、吉兵衛。いまはともかくも小弓と宗哲だ」

「ただ、一つだけ気がかりなのは」

お冴は思案をめぐらす表情で、「宗哲が小弓とほんとうに二人だけなのかということです」

「なにか言ってきたのかね？　あんたのお仲間が」

「いえ、とくに申してはおりませんが、ただ、大津で人を雇っていることも考えられます。宗哲はめったにない腹黒。明神谷で二蔵が犯した失敗《しくじり》の二の舞を踏むのだけは避けねばなりません」

「良い判断だ」

豪安が横でうなずいて、「敵をみくびるのは自滅のもとだと孫子も言っている。明日は黒党衆総がかりでゆこう」

「そこでご相談ですが、吉兵衛殿。四条大路のお屋敷に侍を雇われておられましたね？」

「ああ、金蔵の警護にな。今年の春、誰かさんに狙われているという話を聞いてから、いまは二十人ほどに増やしてある」

「その二十人をお貸し願えないでしょうか？　むろんわれわれだけで片はつくと思いますが、敵の人数がいま一つ不確かです。ここは万全を期しておきたいのですが」

「しかし、金蔵を丸裸にするのは……」

「一日だけだよ、吉兵衛」

豪安が言った。「あんたの金蔵にどれほどあるのか知らんが、砂金四万両だぜ、大津の方は。そもそも倶利伽羅峠の一件を最初に企てたのはあんたじゃないか。そのあんたが肝心かなめのところで他人まかせ、山城屋の名折れにならないかね？」

吉兵衛はしばらく考えてから渋々と、

「まあ、一日だけなら。このところ侍たちも大飯喰らうばかりでダレているようだし。稽古がわりに貸すのもよいとするか」

お冴は明るくうなずき、

「では、明日の手柄は黒党衆と吉兵衛殿の手勢で分け合い、わたしの仲間は背後の守りに廻らせてもらうことにして、豪安様、もう一つお願いが」

「ほう？」

「明日は、お手数ながら、ぜひ豪安様直々のご出馬を願いたいのですが」

「えっ、わたしがかね？」

「ええ、じつは、わたしどもの方で最後に面白い見世物を用意してあります」

「面白い見世物？」

「はい、豪安様が心からお喜びになるような、みたこともない見世物を」

「ふうむ。どのような？」

「それは明日のお楽しみということで」

「はっはっはっ。なにをたくらんでおるのやら。ほんとに面白い女だな。なんだかひさしぶりにぞくぞくしてきたぞ」

豪安は子供っぽく目を輝かせて笑い、「吉兵衛、あんたもきなさい」

「わたしはいいよ。馬は苦手だし」

「つまらん男だなあ。ま、無理にとは言わんけどな。金蔵で独り、酒でもなめて吉報を待っておれ」

「言われなくてもそうするさ」

「ようし、では、出立だ」

酒をあおって立ちあがった豪安は盃を投げ捨て、「さあ、黒党衆、最後の決戦だ。復讐だ。こんどこそ孫八とその一味の鼻を明かしてやるのだ。心してかかれ。わかったな？」

「おう！」

「唐語《からご》で！」

「遵命《ズンミン》！」（御意！）

「明かよ」

吉兵衛がぶつぶつと言った。

## 四

翌晩——。

螢谷の地蔵林。

雲の流れが速い。樹木のあいだからみあげる空は、雲が月をさえぎるたびに点滅をくりかえしている。

二人の男が道端の地蔵たちの肩ごしに向こうの小屋をうかがっていた。二人とも頭のてっぺんから爪先まで柿渋色の覆面の装束で固めている。

「お冴はうまくやりましたかね？」

大男の覆面が言った。

「いざとなると度胸は女の方が上さ」

口元の覆面をさげた中肉中背の男が瓢の酒をらっぱ呑みして言った。「黒党衆をおびきだして全滅させる。ついでに豪安も血祭にあげたいと言いだしたのはお冴だそうだ」

「ふむ」

「孫八は、砂金の分け前さえ入ればそれ以上のことはとくに考えていなかったらしいがね。煽られる形で力を貸すことになった」

「ご本人は女に煽られるのをけっこう楽しんでいる様子ですけどね」

「どこかの先生みたいじゃないか。知らず知らず敵に似るというのはほんとうかもな。で、山城屋の方は?」

「そちらは石原村の残党があたるようです」

「仁吉かね?」

「石原村で留守をあずかっていた男だそうですね」

「うむ。お冴の死んだ亭主の片腕だった男だ。隠居していたんだが、お冴がいなくなったと聞き、空になった屋敷を息子たちと守っていた」

「そうだったんですか」

「お冴も知らなかったらしく、孫八から話を聞いて驚いていたそうだ」

背後の闇でくしゃみをする音がした。大男がふりむき、睨みつけた。月がでて林のなかの刀や槍を手にうずくまる柿渋色の一団を浮かびあがらせた。一人がご勘弁をと大男に手を合わせている。

酒をまた呑みかけた男が、

「おい」

小声で大男の注意を小屋にふりむかせた。

小屋の窓の板が開き、明かりを背に人影が外をのぞくのがみえた。男のようだが顔はよくわからない。

きょろきょろとあたりをうかがっている。

しばらくすると窓の板は閉じられた。

大男は覆面の顎をなでている。

「お冴の段取りがうまく運べば、敵は伽藍山の川寄りの麓に集結している刻限だ」

中肉中背の男は、大男が脇に大事そうにたずさえた弓にちらと目をやって酒を呑んだ。

「酒はやめたのじゃないんですか?」

「うむ。小屋のあの娘のことを思うとついせつなくなってな」

「よけいなことを言いました」

ばつの悪そうな目をした大男は、

「なかはどうなっているのでしょうね」

小屋へ顔をむけて、「さっきまで経のようなものが聞こえていたが」

「徐病安楽を願う薬師如来の真言だったな。使うつもりじゃないのかな、失われた記憶を取りもどさせるのに」

「なるほど」

「すぐにわかるさ……」

男は瓢をもちあげながら物憂げに小屋の上の空をみあげた。「今夜は荒れそうだな」

「気のせいだったらしい」

土間から寝床に坐る小弓のそばにもどった宗哲は、枕元の壁に刀をたてかけて言った。

「では、はじめるとしようか」

小弓の表情を観察しながら、「昨日でどこまで遡ったかおぼえているね?」

小弓は白布を目に巻いたまま寝床の茣蓙の上で両足を組み、わずかに顎をあげていた。薄く開いた唇から小さな歯をのぞかせ、体の前で印《いん》を結んでいる。両手をたわめ、人差し指の二番目の関節の背を合わせて親指どうしを寄り添わせるように立てる薬師如来の印だった。五本の指はそれぞれ地、水、火、風、空という宇宙の五つの要素の意味をになわされている。仏からの感応をうながす密教の印だった。

小弓の唇がかすかに動くと言った。

「瞑池《めいち》……」

「瞑池……そうだね」

「胸まで……」

「そう」

宗哲は呼吸を合わせるように小弓の顎を押さえ、

「そこで苦しくなった。そうだったね？」

小弓が思い出した表情で頭をいやいやするようにふった。

「いまからそこにもどるからね。こんどはもう大丈夫なはずだ」

「……」

「さあ、息を吸って……吐いて……まず、一段」

明の霊術では、人の記憶は頭の奥にある瞑池という小壺に瞑水となって蔵《しま》われると考えられた。失われた記憶を取りもどさせる術を遡霊術という。術をかける者は記憶を失った人間を瞑池の畔《ほとり》に立たせる。ついで瞑水のなかに下りる石段の暗示を吹きこむ。被術者は石段を下りるたびに昔の記憶へと一歩一歩帰ってゆく。小弓の砂金の記憶は石段の尽きる先、瞑池の底に沈んでいるはずだった。

「……下りたかい？」

「下りた」

小弓は小さく言った。

「瞑水はどこまで？」

「……くるぶしまで」

「そうだね。じゃあ、二段……」

「二段」

「三段」

「三段」

小弓の呼吸があえぐように荒くなった。体を浸す瞑水の水圧が高まっているのだ。

「オン・コロコロ・センダリ・マトウギ・ソワカ」

宗哲は薬師如来の真言を大声で唱えながら、小弓の両肩を撫でおろすように力をこめてさすった。薬師如来は、西方浄土の阿弥陀如来に対し、東方の浄土にあって衆生救済のために十二の誓願を立てた如来。その七番目に立てられたのが除病安楽の誓願、つまり聖なる約束で、記憶の喪失もその「病」にふくまれることになる。

「五段……六段」

小弓のあえぎ声が高まった。首をしきりに振っている。

「七段……もどったね？」

小弓は息を窒《つ》まらせるような表情のまま答えない。

宗哲は小弓の額の前で印を結び、空を切るしぐさをした。

「オン・コロコロ・センダリ・マトウギ・ソワカ。オン・コロコロ……」

「もどった」

小弓の声がはっきりと言った。小弓は、いま、胸まで水に浸かっていた。一度なんらかの理由で蔵われた記憶を取りもどす際には恐怖をともなうのが普通だった。霊術ではこのとき記憶喪失者が味わうことになるパニックを「幻錯《げんさく》」と呼ぶ。あまりに性急な記憶のつかみだしは精神そのものを破壊する危険をもたらす。

宗哲が昨日で一度施術を停止したのはそのためだった。

「あと三段だよ」

宗哲の渇いた声が言った。「残り二段で水は鼻までくる」

鼻孔から水が流れこみ、頭の奥を浸しはじめる。いったん恐怖を通過した被術者はそこでうってかわって「羊感」、まるで全身を羊水にくるまれたような感覚に襲われる。やがて母胎復帰の圧倒的な安堵のなかで記憶は堰から水が溢れるように流れだすという。

小弓は大きく息を吸った。

# 五

「また聞こえましたね？」

「やはり薬師如来の真言だったな」

「そうですか」

「しかし、この覆面というのは蒸れるな」

「あと少しの我慢ですよ、旦那。われわれは敵に面が割れてますからね」

「山城屋の侍たちはどうなんだ？」

「やつらもお仕着せの黒装束です。ただ、鬼火の角は生やしていないそうです」

「今日は俺に石を当てないでくれよ」

「勘弁してくださいよ、またそれですか？」

「おっ」

一休は苦笑してなにか言いかけた銀助をさえぎり、谷の入り口の方角へ顎をしゃくった。

瀬田川の堤へ向かうあたりの闇にぽつんと一つ火が滲《にじ》むところだった。

「きましたね」

「うむ」

……二つ。

三つ。

火は数をしだいに増しながら狭い道をひしめき合うように近づいてくる。

銀助が「おい」と配下の一人に合図した。柿渋色の覆面の男が道にでると火縄を回すように振った。

おびただしい数になっていた火の群れの動きがとまるのがわかった。

ぼんやりと照らしだされる人間たちの頭の上で角の林が風を受けて火をゆらめかせている。

火の群れのなかから人影が一人進みでてきた。

覆面はしていない。小柄な侍の男、いや女だった。背中の押付《おしつけ》の板あたりまで伸ばした髪を頭の上でまとめ、白い鉢巻をしている。草摺りの甲冑をまとっていた。

お冴――

一休が思ったそのとき、雲間からでた月がもう一人の異様な人間の姿を浮かびあがらせた。

徒兵《かち》の集団のなかで一人だけ馬に乗る明の服を着こんだ男だ。でっぷりした体躯を衽《おくみ》を垂らした銀地の直裾《ちょくきょ》に包み、濃紺に朱金色の縁取りをした派手な頭巾から目だけをのぞかせている。光沢のある幅太の唐帯に太刀を佩《は》き、しきりに足を掻く馬を手綱で御しながら、こちらをじっと眺めている。

頭巾の額にあるなにかの印が目を引いた。金銀の勾玉の形を二つ組み合わせた太極図の装飾印だった。

大道豪安――。

銀助が腰をあげて、地蔵の列からでた。一休も瓢を置くと、あとにつづいてゆっくりと女の前に立った。石原村のいつかの夜以来の出会いだった。

女はちらりと一休をみたが、すぐに無関心そうに銀助に顔をむけてしまった。

銀助が女にむかって手まねで小屋をさし、うなずいた。

女もうなずいた。地蔵林にうずくまる柿渋色の覆面の群れを確認するように透かしみたあと、背後へふりむき、手をあげた。

豪安が口取りに体を支えられながら馬をおりた。地面で一度胸の衽をととのえたあと、おもむろにこちらに歩いてくる。近づくにつれ、服に焚きこめたくらくらするほど強《きつ》い伽羅の匂いが鼻をついた。

豪安が目の前にきた。頭巾のあいだから目を銀助、ついで一休へむけた。

「お冴の昔のお仲間だな?」

低いが闊達そうな声が言った。

はっ、と銀助がうなずいた。一休の手が知らず知らずと刀を握りしめた。覆面の裏の唇をぎゅっと色が変わるほど噛んで、豪安を睨みつけた。弥兵衛の鼻をくいちぎったというお冴の姿がしきりにちらついた。

地蔵林の柿渋色の一団と銀助を等分にみやりながら、

「今日はわれわれを助けてくれるそうだな?」

豪安の笑いをふくんだ声が言った。

「はっ。援護させていただきます」

「ごくろう」

鷹揚《おうよう》に腹をゆすった豪安は銀助と一休を値踏みするようにみくらべた。

「楽しみに拝見させてもらうよ。では、あとでまた」

踵を返すと、大きな背中をみせながら、きたときと同じゆっくりとした足取りで馬にもどってゆく。

(こんな男だったのか)

一休は肩の力を抜き、たまっていた息を吐きだした。酔いは一休のふくれあがろうとする衝動をなだめなかった。むしろ増幅するようだった。銀助がちらりと一休をみた。刀をつかんだてのひらがねっとりと汗で濡れるのを感じた。また頭がくらくらとするのをおぼえた。こんどは香のせいではないようだった。

豪安が馬に乗るのを確かめたお冴は、銀助と目くばせをかわした。

銀助が地蔵林の闇にむかって指をたてた。手下たちがいっせいに身構える気配が伝わった。

お冴が豪安の両脇の黒装束の一団に手をあげた。一団は音もなく展開し、扇状に小屋を取り囲んだ。

# 六

「……十段」

「十段」

小弓が言った。

「……どうだい？　なにかみえてきたかい？」

小弓は顔をのろのろと左右に動かしていた。正面に返すと、唇を結んでいる。

「祠がみえる」

ぽつんと言った。

「祠？」

宗哲は小弓を凝視した。「どんな祠だい？」

「神社……山奥の……」

小弓は急に顔をしかめると、膝に鼻をこすりつけるように面をふせた。宗哲はすかさず上体を引きはがして元にもどした。

「さあ、いいかい？　ゆっくりと息をするんだ。すべてを吐きだせば、楽になれるのだからね」

小弓は小さく顎をあげ、ぜいぜいと濁った呼吸をしている。

すきま風が燭台の炎を小刻みにゆらめかせている。

「一蔵さんが……」

「一蔵？」

「佐平さんたちと」

「子分頭の佐平だな？」

「……穴を掘っている……祠の床下」

「そうか。神社の祠の下に埋めたんだな、砂金の箱を！」

小弓は激しく首を横に振った。

「そうなのだな？」

宗哲はぐいと小弓の顎をつかんだ。「さあ、小弓、わかるかい？　あとほんの少しだよ。わたしの言う通りの順番で言葉を唱えるんだ。山奥と言ったね？　どこの山奥か、ようく思い出すんだ。いいね？」

小弓の返事はない。

「床下」

宗哲は言った。小弓の荒い息がとまった。なにかに気づいたように体を硬張らせている。小弓はゆっくりと復唱した。

「……床下」

「祠」

「……祠」

「神社」

「……神、社」

「山奥の」

「……山奥の」

小弓は下唇をもちあげた。まるで怒っているような表情になった。顔全体が仮面で覆われたように固まるのがわかった。

「さあ、小弓。どこの山奥だい？　みえるかい？　まわりの風景が。小弓！」

ふいに野太い声が言った。

「宗哲、いい加減にしないか！」

「お、おまえは……？」

宗哲は怯えた表情で弾かれたように小弓から身を離した。尻もちをつくと、体をよじらせ、踵で床を掻くように土間の方に後ずさりした。

小弓は獣じみた笑いを浮かべた。

「俺か？」

のどが動くとさらにはっきりと野太い声が言った。「一蔵だよ。ほかに誰がいる？」

宗哲は恐怖に顔をひきつらせた。

「ま、まさかそんなことが」

「そのまさかだよ、宗哲！」

　両手を後ろについた宗哲は目を大きく開いたまま、頭をふった。

「聞いているのか？　宗哲！」

　宗哲は胸の前で狂ったように印を結ぶと、

「オ、オ……オン・マリシエイ・ソワカ」

　真言を叫ぶように唱えはじめた。「オン・アニチヤ・マリシエイ・ソワカ！」


「うん？」

　地蔵林の入り口の闇で一休が首をひねった。

　銀助がふりむいた。

「あれは……たしか、害敵を追い払う摩利支天《まりしてん》の真言だ」

「摩利支天の？」

「うむ。不敗の軍神だから、徐病安楽とはかかわりがないはずだが。妙だな。宗哲のやつ、いったいなかで誰を追い払っているんだ？」

　銀助と配下の男たちも何事かと耳をそばだてている。

「おおっ。聞いたか、いまのを」

豪安が馬上で手綱を引きながら言った。「宗哲はわれわれに気づいたらしいぞ。お冴！」

返事のかわりにお冴の人差し指がまっすぐに天をさした。大きくぐるぐると回した。それを合図に、宗哲が、

「オン・マリシエイ・ソワカ」

必死に唱える摩利支天の真言の声を掻き消して、

「オン・ダキニ・ギャチ・ギャカニエイ」

黒党衆のダキニ天の真言の呪文があたりの空気をどよもした。「ソワカ・オン・キリカク・ソワカ……」

宗哲ははっと我に返った。

「な、なんだ？」

そばの刀をつかむと土間に駆けおりた。窓の板の隙間をあけ、あっと目をみはった。

「前から訊きたかったんですが、ソワカってなんのことです？」

銀助が呪文の騒音に顔をしかめて一休に言った。

「幸《さち》あれかし」

一休はお冴と豪安にせわしなく視線を往復させたまま上の空で、「天竺の祈願の決まり文句だ」

「くそうっ」

宗哲は顔色を変えると、刀をぬき、小弓のもとに駆けもどって腕をつかみあげた。

「さあ、こいっ。くるんだ！」

そのとき銅鑼の烈しく打ち鳴らされる音がした。

「えっ？」

「な、なんだ？」

こんどは豪安が言う番だった。

そのとき空を切って飛んできたものがあった。

豪安の馬の口取りが「うわっ」と顔面をおさえてよろけ、驚いた馬が後ずさりした。

石つぶての雨が地蔵林から小道を明るませる鬼火の群れにむかって浴びせられるところだった。

銅鑼の打ち方が変わった。

「まさか、孫八――？」

豪安が混乱の面持ちで手綱を引いて叫んだ。「ど、どういうことなんだ？」

「ゆくぞ、銀助」

一休は銀助の返事を待たずに飛びだした。

「キャーア！」

少し離れたところから奇声を発して突っかかってきた黒党衆を斬り倒した。

「裏切りだ。かかれ、かかれえーっ」

豪安が真っ赤な顔でわめき散らした。

一休は頭上に刀をかかげて豪安めがけて突進した。激しく首を上下する馬を必死に抑えにかかる豪安の姿がみるみる大きく迫ってくる。

「裏切りだと？」

宗哲が小弓の首ねっこをつかみながら窓の板の隙間から目をこらした。「こ、これはっ」

月明かりの点滅するなか、装束姿の男たちが道一杯を入り乱れながら埋めて、刀や槍を打ち合わせていた。片方は黒装束、片方は見慣れぬ柿渋色の装束の一団だ。向こうに直垂の肩に抜き身の刀をかつぎ、面白そうに微笑して立つお冴。そのかたわらで躍起になって馬の手綱を取る男の姿がみえた。

「お、お冴……豪安⁉」

宗哲の声に小弓がぴくりと面をあげた。

「おのれ」

目の前にきた一休に気づいた豪安が泡を喰らったように眉を吊りあげ、手綱を離して腰に帯びた太刀をぬいた。そのとき一休の視野をふさぎ、両手を大きくひろげて立ちふさがる者がいた。

「おお、お冴！」

豪安がぱっと面を輝かせて叫んだ。

「この男は渡さないよ」

お冴が一休に言った。「あたしの獲物だからね」

「え、獲物だと？」

豪安が頓狂な声をあげた。

お冴は微笑して一休にうなずいた。馬の口取りの男が背後からわめきながらお冴に斬りかかってきた。お冴はふりむきざま、物も言わず一刀のもとに男を斬り捨てた。

豪安があわてて馬首をめぐらし、逃げだそうとした。

一休の脇をすりぬけた銀助がすかさず馬の前脚の一本に斬りつけた。

「うわっ」

豪安は馬の首にしがみつきながら尻から地面に転がり落ちた。

「お冴、どういうことなんだ？」

馬の下敷きになり、太い眉を泥だらけにしながら叫んだ。銀助の手下が豪安の太刀を踏みつけた。

お冴は急に目尻を吊りあげると、反射的に豪安にむかって刀を振りあげようとした。

豪安は悲鳴をあげて両手で顔をかばった。

「いいんですかい？　お冴さん」

銀助の冷静な声が言った。「例の見世物の方は」

お冴ははっとして刀をとめた。

「おい」

銀助が手下たちに合図した。二人がかりで仰向けにもがく馬の下から豪安を引きずりだすと、一人の手下が背後に廻り、首を腕にはさんでくいと折り曲げた。「むう」と白目を剥いて気絶した豪安を、もう一人が縄ですばやく縛りあげた。

そのときだった。

「近寄ると殺すぞ」

小屋の方で叫ぶ声がした。

気がつくとあたりの様子は一変していた。

月明かりが気ぜわしく点滅するなか、あちこちに出来た血溜りに、切り口も生々しく黒装束の首が転がっていた。二本の角からちょろちょろと火を吹いたままの首もあった。足を斬られたのか、両腕で同じところをのろのろと這い回っている黒装束もいた。大声で気合の声を発し、銀助の配下の者と斬り結ぶ黒装束もいたが、豪安を守ろうとする者はもはや数えるほど。豪安が敵の手に落ち、しかも敵の頭目がいまのいままで自分たちを指揮していたお冴だと知るや、ほとんどの黒装束たちの姿は戦意を喪失した様子で風をくらって消え失せていた。

「小弓！」

お冴が小さく叫んだ。

宗哲が小屋の入り口を背に小弓の首に刀を突き立てながら、血走った目を取り囲む銀助の配下の者たちにむけている。小弓は背後から宗哲に抱きすくめられ、血の気のない表情で顎をあげていた。

「寄るんじゃない！」

宗哲は右側から近づこうとした槍の男を威嚇した。小弓の顎の下に刀の切先を食いこませ、あたりに目をくばりながら左に廻りこんで地蔵の列を背にした。

回復した月光の下、少女の白い首筋を伝う血の糸の赤が鮮やかに目を打った。

「ひさしぶりだな、円忍」

「おおっ、その声は」

宗哲は頑丈な前歯を剥いて、「一休だな？」

「小弓は砂金の隠し場所を思い出してくれたかい？」

「どうして、そのことを……」

言いかけた宗哲は突然、「そうか、日顕のやつだな」

「さて、どうかな」

一休は言った。「ところで、他人の夢に登場するのは好きかい？」

「他人の夢だと？」

「平家蟹」

「……？」

「やっと思い出したよ、誰の顔に似ていたか」

「その手にはのらんぞ」

宗哲は言った。「急にわけのわからんことを言いだして相手を混乱させ、煙にまく。昔からおまえの得意技だった」

「傷つくね、そういう言い方は」

一休は口元の覆面をさげて進みでた。

「寄るな！　それ以上寄るとこの娘の生命はないぞ」

目に巻かれた布の下で小弓の頬が苦しげにゆがんでいた。

「おまえはなにをしたいんだね？」

「俺はこの娘と東国へゆく」

「東国？」

宗哲は左腕で小弓を抱きかかえていた。右手で刀の切先を小弓の首に突きつけている。

「それで、砂金はどうする」

「もちろんいただくさ、ほとぼりが冷めたあとな。砂金の隠し場所はこの娘しか知らない。俺は娘と一緒におまえらの手の届かぬ場所に行く」

小弓の右腕が宗哲の目にとまらない方へ動くのがみえた。ゆっくりと横にのびてゆく。

「それはどうかな。気の毒だが、行けないと思うぜ」

「うるさい！」

小弓のてのひらが上向きに開いた。指をかすかにたわめるように動かして、なにかを伝えようとしている。

一休は、宗哲の注意を引くようにわざと刀を上下にぶらつかせながら、体を右へずらした。

「ノウボウ・アラタンノウ」

お冴の小さくつぶやく声がした。「汝、如意輪陀羅尼を唱えれば」

お冴がそっと左へ移動するのがわかった。片脇に垂らしていた刀をゆっくりともちあげた。一休に気をとられた宗哲は気づかない。

「タラヤヤ・ノウマク・アリヤ」

もはやそのお冴の声は一休の耳にしか届かない。

「悪魔鬼神は汝を害するあたはず」

小さく唱えた一休はさらに一歩右へ移動した。

「動くんじゃない！」

一休にむかって叫んだ宗哲は、小弓の首に立てた刃先に力をこめた。そのあいだも小弓のひそかな指の動きはとまらない。てのひらを開きまた閉じをくりかえしている。

「諸悪毒獣も害するあたわず」

一休とお冴のつぶやきが一つになった。「汝、剣をふるいし戦闘にことごとく勝利をおさめん」

その刹那、

（いまよ！）

一休はお冴の心の声を聞いた気がした。

「おい」

一休は宗哲の左肩の誰もいない背後へ声をかけた。

宗哲がぎょっとしたようにそちらにふりむいた。

「小弓！」

お冴が叫んで両手で刀を投げた。小弓の右のてのひらが飛んできた刀の柄をはっしとつかんだ。

「バロキテイ・ジンバラヤ」

一休は大声で唱えた。

「ボウジサトバヤ・マカサトバヤ」

お冴も唱えた。小弓の左肘が浮きあがるのがみえた。つぎの瞬間、宗哲の腹を打っていた。

宗哲がうめき声を放ち、その腕をついに脱した小弓はくるりと体をひるがえすや、宗哲にむかって大きく刀を振りあげた。

宗哲が目をあげた。刀が空をきって宗哲の首の根元を襲っていた。

「あっ」

皆が声を発するなかを、切断された首は勢いよく弧を描くと、地蔵の一つの頭に噛みついた。

石に食いこむ前歯がみえた。その直後、目がギロリと一同を睨んだ気がしたが、回復した月の光の悪戯《いたずら》だったかもしれない。

宗哲の胴体は首の穴から血を噴水のように噴きあげてしばらくのあいだ突っ立っていた。首がないぶんガニ股がますます目立つようだった。噴水がやんだ。それを待っていたかのようにぱたんと前に倒れた。

「小弓？」

お冴が、刀を垂らして肩で息をする小弓に駆け寄った。

一休は小弓を食い入るようにみつめた、お冴と瓜二つのその顔を。なにか言おうにも言葉一つだせないでいる自分を発見した。

「さすがにあんたの娘だな、お冴さん」

銀助が感服したように言った。両膝を崩してお冴の胸に抱きかかえられていた小弓が「あんたの娘？」とつぶやいて面をあげた。

銀助が「しまった」という表情をした。小弓は怯えたような怒りにかられたような表情で目の前のお冴の顔を探っている。

銀助が咳払いをした。

「では、お冴さん、あっしは神亀岩の方で見世物の支度を」

言うなり、手下たちに、「なにを突っ立っている。行くぞ。ああ、それから、弓の用意を忘れるな。残った者たちは敵にとどめの始末をしておけ。きちんと念仏を唱えながらな」と指示した。縄で縛られ朦朧とする豪安を引っ立てた手下たちとそそくさと立ち去った。

「じゃあ、あたしはこの子をみるから」

お冴が言った。

お冴が小弓を支えて小屋に入ると、あちこちで念仏が聞こえはじめた。グサッグサッとどめをさす嫌やな音がした。

一休は酒を呑みたくなった。瓢を手にとろうと地蔵林の方へ行きかけると、宗哲の首はまだ地蔵の頭に噛みついていた。

（やつは願いをかなえた）

一休は思った。（ほんとうに誰の手も届かぬ場所に行ってしまったのだから）

## 七

小半刻後。

「なにを探してるんだい？」

背後でお冴の言う声がした。ふりむくとお冴が腕組みをして立っていた。

一休は目をむけていた湖岸の闇をさし、

「あの納屋はどうなったかと思ってさ」

「とっくになくなってしまったよ、あんたと別れてすぐに大風でね」

「そうか。で、小弓は？」

「少し落ち着いた」

お冴は腕組みを解くと一休のいる橋のたもとにゆっくりと進みでた。

「覆面はぬいだのかい？」

「あれは暑苦しくてならない」

「ここは昔のままだね」

「そうだな」

二人の目の前を橋が伸びていた。

すべては十七年前、この橋でお冴と出会った晩から始まったのだ。

まっすぐに川をまたいだ橋の対岸は闇に呑まれてさだかでない。

月が雲間に現われるたびに沖で無数の白波が牙を剥くのがみえた。

一休は湖面を吹き渡ってくる風の向こうをみつめた。

「あんたには隠し立てをしてしまったね」

「どうってこともないさ」

風がお冴の鉢巻にかかる前髪をしきりに嬲っていた。

「悪かったよ。でも、恥ずかしくて言えなかったんだ、ほんとうのことは。それで孫八さんに頼んで……」

「仕方がないさ。小弓が自分が産んだ娘であることはすぐにわかったのかい？」

「小弓という名前は珍しくない。でも、あたしと瓜二つの小弓は一人しかいない。堀川の小橋のたもとで拾われたと聞くまでもなかったよ」

「それで、豪安の屋敷にとどまることにしたんだね？」

「豪安たちの探索の網に引っかかるのは時間の問題だと思ったのさ。小弓を捜すにはそれが一番手っ取り早いし、当座はあいつらの力を利用するしかないとね。そうしたら、日顕の寺にあんたが小弓の板書きを手に現れたと聞いて」

お冴は微笑した。「すぐに見当がついたよ、あんたがあたしと間違えて捜しているとね。嬉しかったよ。あんたと孫八さんが親しいことは以前から噂で聞いて知っていた。それでこっそりと孫八さんを訪ねて……」

「取引を申し入れたんだな？」

「事情を洗いざらい打ち明け、豪安の側の動きを伝えるかわりに小弓を取りもどすことに力を貸してくれないかとね」

一休は「お冴は無事だ。生きている」と自分に告げたときの孫八の上機嫌な顔を思い出した。

「仁吉さんに如意輪陀羅尼を教えてあげたって？」

「いつか言ってたろう？　如意輪観音に戦闘の勝利の効験もあるとさ。あたしにはそちらの方が向いていると思ってね」

「陀羅尼は誰から？」

「あんたと別れたあとなんだか気になってね」

　お冴は石山寺の方角をさし、「あのお寺の坊さんに顔見知りがいたんだ。聞いてみたら、悪魔を退け地獄から救いだす効験もある陀羅尼だと。あたしは豪安の屋敷にいるときいつも如意輪陀羅尼を唱えていた」

「救いだしてくれたな、たしかに」

「あたしだけでなく、小弓のこともね」

　お冴があのとき陀羅尼とともに宙に投げた刀はまるで糸に引かれるように小弓のてのひらに吸いこまれた。

「仁吉さんにはすまないことをした」

「倅《せがれ》のこと？」

「腕を斬り落としてしまった」

「気にしていないと思うよ」

「だといいが」

「それにしても、さっきはハラハラしたよ」

お冴はくすくすと笑った。「豪安に話しかけられているあんたをみて、いまにものど笛を食いちぎるのじゃないかとね」

「我ながらよくこらえたものさ。こいつが小弓をおもちゃにしたやつかと思うと、たまらなくなった」

「わかるよ。あたしも弥兵衛の鼻を食いちぎったから。そんなつもりはなかったんだけど、これがあの子を食い物にした男かと思うとむかむかしてきて」

「地獄だったな」

「小弓がかい？」

「あんたもさ」

「小弓はお蔦さんのことをひどく気にしている」

「明神谷の小屋にいた？」

「小弓は豪安を裏切る決心をしたあともふん切りがつかなかったらしい。そんなときお蔦さんがさらわれてきて」

「じゃあ、自分の背中を押すために？」

「そう、お蔦さんを救いだした。それが結局あんなことに」

崖から仰向けに落ちる二人の娘たちの顔が蘇った。

「二蔵を矢で射抜いたまではよかったんだけど」

お冴はため息をついて、「まさかそれがあいつが小弓とお蔦さんを巻き添えにするきっかけをつくるとはね」

「弓が上手いのには仰天したよ」

「近江にいた時分に首領から仕込まれたんだ」

「それで小弓という名前に？」

「うん。捨てるとき小袖に名前を縫いつけたのさ。破魔矢のお守りもつけてやりたかったんだけど、その暇がなくてね。まったく明神谷では……。でも、今夜は失敗しないよ」

「今夜は……？」

少し離れた松林が風に大きくどよめいた。

それにまじって、ひゅっという口笛の音がした。

「見世物の準備が出来たようだね」

「見世物？」

「ここへくる前、豪安に約束したんだ」

月をみあげたお冴は、直垂の襟を直すと欄干から身を起こした。「あんたもつき合うかい？」

橋から少し離れた湖岸の一角だった。松林と水際のあいだの岩のかげに集まる男たちのあいだから銀助がひょいとふりむいた。全員覆面の口元をさげている。

神亀岩は名前の通り大きな亀の姿をした岩だった。天にむかって頭をもたげた亀の頭に自然の穴が開いて、目の形をつくっていた。首には太い綱がぐるぐるに巻きつかれていた。綱は上にむかって伸びている。

銀助がみたこともない笑顔でちょんちょんとお冴に上空をさしてみせた。

空にぴんと張られた綱の先に巨きな四角いものが舞っている。凧だった。

「エイではなくこれだったのか」

一休がつぶやいた。

「え?」

銀助が訊き返した。

「いや、こっちの話だ」

「た、助けてくれえっ」

空の上で聞きおぼえのある声がした。凧の真ん中に男が括りつけられていた。泣きわめく男。

これも夢の通りだった。

ただ、凧の男は服を着ていなかった。月光の点滅するなか手首と足首を結わえつけられ、四肢をひろげた姿は、どこか人間ばなれして祭の人形を思わせた。遠目にも肥満体とわかる体を仄白く浮かびあがらせている。豪安だった。

「普通の殺し方はしたくなかったんだ」

「まあ……わかるよ。隣の国ではこれらしいしな」

豪安の股間にタヌキの妖怪のように大きなものがぶらぶらしていた。お冴は真剣な表情でそれをみつめて距離を測っている。

「銀助さん、弓を」

お冴は銀助がいそいそとさしだす弓を受け取り、矢を番《つが》えると、どこか巫女を思わせる厳しい面持ちでみあげた。股間の実物は大きいが、的としては小さい。しかも風に煽られてぶらぶらしている。

男たちは固唾をのんだ。

「ヒイーッ」

空の上で悲鳴が聞こえた。

「ノウボウ・アラタンノウ……」

弓を引き絞ったお冴が如意輪陀羅尼を唱えた。

(仏法僧の三宝に)

一休は応唱した、こんどは心のなかで。

「タラヤヤ・ノウマク」

(謹んで礼したてまつる)

お冴が唱え終わると同時に、矢はびゅっと放たれた。

男たちの視線が追う前を、長い弧をたどって虚空に吸いこまれた矢は的を貫いていた。

「ギャーアッ」

（源平の世に生まれていたなら）

一休は思った。（那須与一《なすのよいち》になれただろう）

お冴が男たちのどよめきのなかをいかめしい顔つきで弓をおろした。

畏敬のまなざしで腰をかがめた銀助が「では、これを？」と綱を指さしておうかがいをたてた。

お冴がうなずいた。

銀助が手下の男に「やれ」と顎をしゃくった。

男が刀をぬいた。てのひらに唾をつけて振りかぶると、「南無三宝、能満一切願！」

かけ声を発しながら、ぴんと張った綱をえいと叩き切った。

凧が勢いよく舞いあがった、綱を激しくくねらせながら、あっという間に沖に向かって飛んでゆく。

「うわあーっ」

悲鳴の尾を引かせた男とともにみえなくなった。しばらく経って、遠くの方でかすかな叫び声のようなものが聞こえた。あとは風と波の音だけになった。すべてがこの世でない出来事に思えた。一休は京の都が無性に恋しくなった。

「色々と世話になったね」

お冴が銀助に弓を返して言った。

「こちらこそめったにない面白い見世物をみさせてもらいました」

「おたがいにね」

「じゃあ、あっしらは向こうでお待ちしていますから。さあ、みんな、行くぞ」

銀助たちが気をきかせて立ち去ると、お冴が唇を突きだすようにして考える一休をみておかしそうに言った。

「小弓のことはあたしにまかせておくれ」

「お冴、そのことなんだが……」

ばつの悪い顔で言おうとする一休に、

「あんたの話したいことはわかるよ」

お冴はさえぎってつづけた。「あんたが一緒に生きたいと言ってくれたときは仕合わせだったよ、涙がでるほどにね。でも、怖かった、自分のしでかしたことを思ってね」

「……」

「だけど、あんたは」

お冴は笑った。「そもそも一人の女とだけ生きてゆける男じゃない。自分でもわかっているのだろう？」

「お冴」

「あたしはつぐないをしなくちゃならない」

「つぐない？」

「小弓にはあたしが捨てたばかりに男たちの慰みものにされる人生を歩ませてしまった。小弓はいまとても混乱し、傷ついている。あたしはあの子の傷を癒さねばならない。あんたはいつかあたしに言ったろう？　自分の撒いた種は自分で刈り取らねばならないって」

「……」

「やってみるよ。どれだけやれるかはわからないけれど、やれるだけやるだけね」

お冴は一休に向き直った。

「じゃあ、あたしはここで」

一休を真っすぐにみつめた。無言でみかえす一休の蓬髪をなでて、

「いつまでも元気で」

いとおしそうに言うと、踵を返し、すたすたと歩きはじめた。

背中に紅く結ばれた総角が小さくなってゆく。

橋の方で風の切り裂く音がした。

一休はお冴の影が湖岸の闇に呑まれてゆくのをいつまでもみおくっていた。

# 八

「結局、ふられたということじゃないか」

孫八が阿呆らしそうに言った。

「とどめを刺された感じだった」

一休は言った。「別人のように威厳にあふれていたよ」

大津の出来事から三日過ぎた午後。

七条の河原をみおろす孫八の部屋である。

孫八と二人、のんびりと酒を酌み交わす一休がいた。

「わたしには天罰が下されたとしか思えないね」

孫八は盃で天をさして、「女を菩薩あつかいして好い気になっていたおまえにふさわしいな」

「お冴のやつ、そんなことまでしゃべったのか」

「ま、お冴がとどめを刺したのはおまえだけじゃないがね。夕べも四条大路で」

「やったのか？」

「山城屋の金蔵が破られた。石原村の残党たちだよ。吉兵衛は鼻と耳を削がれたらしい」

孫八は淡々と、「仁吉が今朝挨拶にきた。おまえにくれぐれもよろしくと言っていた」

「倅の見舞いに行かなくちゃな」

「吉兵衛もこんどばかりは立ち直れないだろう。やつがしたい放題できたのも豪安の後ろ盾があってのことだ。やりすぎの報いというところだな」

「すぐに代わりの悪党がでてくるさ」

「おまえの強請の種は尽きないというわけだ」

「おまえはよけいだろう」

笑った一休は真顔になり、「しかし、あんたには厄介になった。礼を言わなければな」

「礼ならお冴に言えばいい。わたしが本気になったのは、お冴が俺を訪ねてきてからだった」

「俺が日顕の寺に行ったあとだな?」

「おまえが鳥戸野で襲われる前の日のことだった。お冴はこう言ったよ。『すべては自分が悪い。一休には申し訳がたたない』と」

「そんなことを言ったのか」

「ぐっときたね。それからおまえという男に腹がたった」

「仁吉さんにも言われたよ。一夜契って、ことの種をつくったおまえが一番悪いと」

「わたしの意見と同じだ」

孫八はうなずき、「だからおまえはわたしに恩に着る必要はないんだ。わたしはお冴のために働いたんだ。おまえのためじゃなくね」

「そう言われるとありがたいよ」

「で、小弓とは話したのか？」

「いや、そのつもりだったんだが」

「つけ入る隙もあたえられず、かね？」

　孫八は一休の胸の内をみすかしたように首をふり、「いいねえ。ますますお冴が好きになったよ」

　一休はあの晩湖岸を去ってゆくお冴を送りながら、もう一度小弓の顔を間近にしたい、目に灼きつけたいという衝動にかられた。が、一度でもお冴より小弓を助けたいと思った恥の記憶が思いとどまらせた。

「どだい、おまえは女一人とおとなしく家をつくれる男じゃない」

　孫八は楽しそうに、「欲はださんことだ」

「つくづく他人の傷口に塩を塗りこむのが好きな男だな。俺は出家だぜ」

「だからどうした」

「出家はどう書く？『家』を『出』る。ひっくり返して出家だよ」

「おまえが出家だったのは琵琶湖に飛びこむまでだ」

「そこまで言うかね？」

「女犯の欲求に悩んで生まれ変わろうとした一休はどこに行った？　暇さえあれば妓楼通いの出家なんて詐欺だぜ」

「仏魔一如《ぶつまいちにょ》の涅槃境《ねはんきょう》とも言うぜ」

「聞き飽きたよ、坊主のへりくつは」

「知りたくないのかね？　無常の理《ことわり》の意味を」

「みっともないぜ、鼻をうごめかすのは」

「人は変わってなんぼということだよ」

「お釈迦様が聞けば鼻を削げと言うだろう。お冴が京を離れたいと言った気持ちがよくわかったよ」

「で、博多の方は、だいじょうぶなのだろうな？」

「銀助に文をもたせてある。問題はあるまい」

博多には孫八と親しい乞食衆の元締めがいた。三十年前役人と揉め事を起こして京へ逃げてきたのを匿って以来の昵懇《じっこん》の間柄だという。

お冴と小弓は銀助と今朝摂津の港を発っていた。

「博多には評判の明の医師がいる。小弓を診てもらうよう文に書いておいたが、たぶん……」

「むずかしいか」

「あの傷ではな」

「小弓には仕合わせになってほしい」

「なぜならないんだ？」

孫八はあっさりと、「小弓がお冴と似ているのは顔だけではない。中味も瓜二つだ」

「そうだな」

「小弓は宗哲を最後まで手玉にとった。記憶を失くしたふりをし、偽《にせ》の砂金のありかを白状し、一蔵の怨霊の芝居までしたという。あの極めつけの悪党相手に真似のできる芸当じゃない。あの肝の据わり具合いなら」

「病などものともしない、か」

「うむ」

「それにしても西金寺の井戸だったとはな」

「たしかに」

孫八は苦笑いして、「一蔵が宗哲を利用する肚を決めたとき、一番悩んだのは砂金をどこに隠すかだった。西金寺の井戸はどうかともちかけたのは小弓だったらしい。宗哲が思いもよらない場所だし、廃寺なら人もよりつかない、寺なら井戸もあるはずだとね」

一蔵は子分たちとともに井戸に潜り、横壁に砂金の箱を納める穴を掘っておいた。倶利伽羅峠の襲撃の十日前の夜のことだった。

「虫も殺さぬような顔をした小娘がね」

「お冴の血だよ、一休」

孫八は、夕べ、西金寺の井戸から砂金五箱を無事に「回収」していた。孫八の取り分は二万両、残りはお冴に送られる手はずになっている。

「誰かもう一人忘れてないか？」

「はてな、誰のことか」

とぼけた顔をみせた孫八に、

「小弓はもう一人の血も受けている」

「そういえば、いたな、なんとかいうろくでなしが」

「俺はお冴の死んだ亭主を恨むよ。近江の首領もな。いまさら言えた義理じゃないことはわかってるがね」

十七年前、一休の子を孕んだお冴は近江から都へでた。

お冴の新しい亭主は見も知らぬ男の子供を育てるのを嫌った。生まれた子を殺すように言い、仁吉に見届け人を命じた。お冴に同情した仁吉は命令に背いた。赤ん坊をお冴が名前を縫いこんだ小袖にくるみ、朝早く堀川の小橋のたもとに捨てたのだ。

「お冴は死んだ亭主の悪口を言わなかったぜ」

孫八は静かに言った。「近江の首領の悪口もな」

「そうだったか」

「うむ。人生は頭をかかえることの連続さ。それでも生きてゆかねばならない。いつかすべてが笑い事になると信じてな」

孫八は窓の外の東山の山並みへ顔をむけた。「小弓のことは心配しなくていい。人間、目がみえなくなって初めてみえるものもある」

一休はふいに安らぎをおぼえた。

お冴は小弓につぐないをすると言った。小弓の心の傷が癒えるには時間がかかるだろう。だが、お冴ならやりとげるはずだ。

「たしかにそうだな。お冴ならば、」

裏切らないと言いかけて一休はやめた。なんとなく孫八に笑われそうな気がしたのだ。

一休は東山の冬の青空をみた。いま頃、お冴と小弓の船はどのあたりの海だろう？

「人は裏切るものだよ」

孫八が言った。

（了）

# 本当のブッダは毒舌だった！

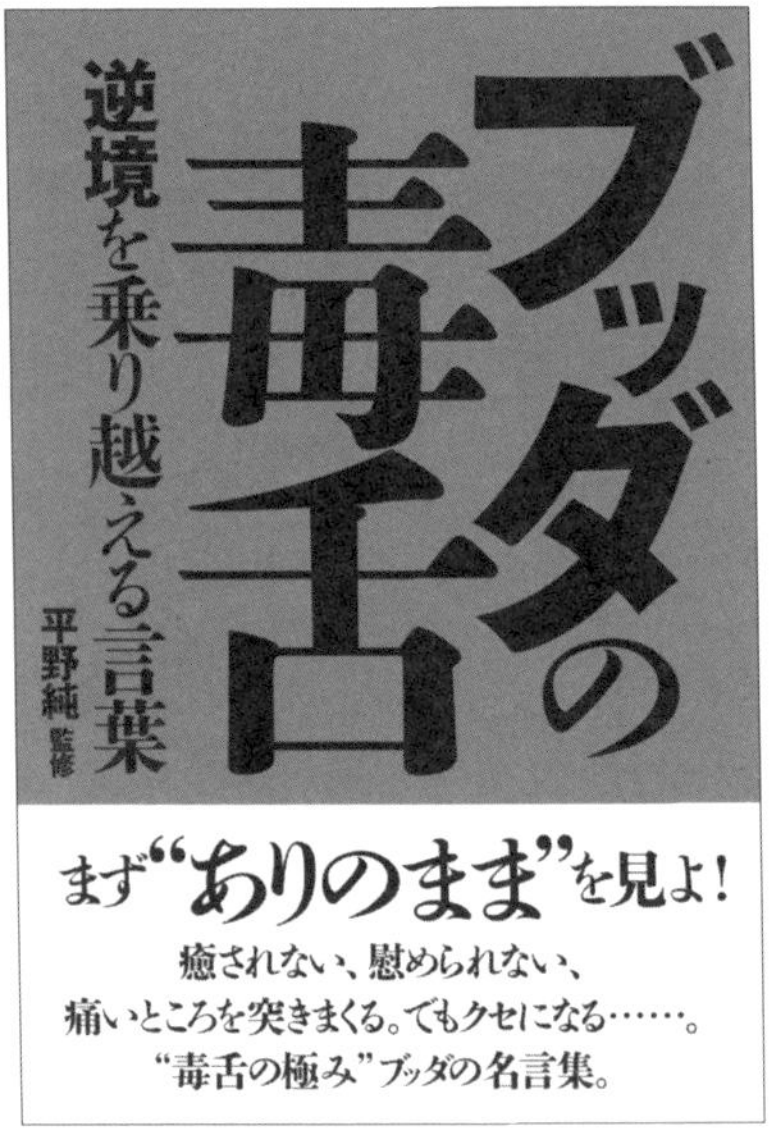


**好評発売中**

## ブッダの毒舌
### 逆境を乗り越える言葉
**平野純・監修**

体裁：四六判並製／160頁／
2017年9月刊行
定価：本体1,430円＋税
ISBN：978-4-87586-530-8
発刊：芸術新聞社

### 掲載例

「世間は自分を縛っている」という考えを捨てよ。
あなたを世間に縛りつけているもの、
それはあなた自身の心である。

自分が高齢者であることをプライドの根拠にする者は珍しくない。
かれらは自分が空しく老いた人間であることを知らない。

「所有」という考えは幻想である。
「不滅の物」という考えが幻想であるように。
幻想にとり憑かれて生きる者たちの何と騒がしいことか。

平野純（ひらの・じゅん）

作家・仏教研究家。東京生まれ。東北大学法学部卒業。『日曜日には愛の胡瓜を』で第19回文藝賞を受賞してデビュー。著書『白モクレンの樹の下で』（角川書店）、『上海バビロン』（河出書房新社）、『謎解き般若心経』（河出書房新社）、『村上春樹と仏教I・II』（楽工社）、『怖い仏教』（小学館新書）、『裸の仏教』（芸術新聞社）、『ブッダの毒舌』（芸術新聞社）など多数。

▼平野純ツイッター　@news_hirano

一休破戒帖《いっきゅうはかいちょう》　女賊始末《じょぞくしまつ》

2021年6月1日　初版第1刷発行

著者　平野純

発行者　相澤正夫
発行所　芸術新聞社
〒101-0052
東京都千代田区神田小川町2-3-12 神田小川町ビル
TEL　03-5280-9081（販売課）
FAX　03-5280-9088
URL　http://www.gei-shin.co.jp
印刷・製本　株式会社サンニチ印刷
デザイン　原田光丞


ISBN 978-4-87586-617-6 C0095